NNIPEG
RY
ge Avenue
itoba R3B 2

La Montagne secrète

GABRIELLE ROY

La Montagne secrète

ROMAN

MONTRÉAL
Librairie BEAUCHEMIN Limitée
1 9 6 2

à R. R., peintre, trappeur, fervent du Grand Nord, dont les beaux récits me firent connaître le Mackenzie et l'Ungava.

PREMIÈRE PARTIE

I

Avec le soleil se leva Gédéon qui descendit dans la rivière et commença de secouer et de laver à grande eau les sables que lui apportait le courant. Pour ce faire il avait lui-même assemblé une sorte de crible grossier. Au bout de sa peine il lui restait entre les doigts un grain d'or parfois.

Mais le vieil homme de plus en plus souvent interrompait son travail pour fixer rêveusement le fil de la rivière.

Aujourd'hui cela faisait vingt-deux jours qu'il n'avait vu quelqu'un. Il lui était arrivé d'être même plus longtemps sans apercevoir une âme, mais rarement l'été. En vérité, quoique cela pût avoir l'air impossible, toutes sortes de gens, pour aller jusqu'à leurs occupations au fond d'un tel éloignement, empruntaient ce chemin de la rivière et se trouvaient passer au regard de Gédéon : des trappeurs et des prospecteurs ; un missionnaire qui maniait lui-même à l'aviron son canot ; assez souvent des familles chipeweyennes.. Dans ces bois était même passé un jour un homme inconnu. Le vieux chercheur d'or, s'il eût pu démêler cette attente sans fin au fond de l'âme que l'on nomme espérance, aurait peut-être découvert que son désir le plus vif était de voir de l'imprévu entrer encore une fois dans sa vie.

Il se remit à secouer sa vieille passoire.

La rivière était peu profonde, mais large, belle et de courant vif. Ses bords, escarpés, difficiles, en fait n'étaient accessibles qu'un peu plus loin là où s'élevait justement, haut perchée, la cabane: en dessous, il y avait, sur pilotis, un petit débarcadère. Le reste était sauvagerie, silence, ciel démesuré. Cela quelque part dans les Territoires du Nord-Ouest, tout ce haut du Canada, la moitié presque d'un continent, et presque tout entier encore à quelques rares poignées d'hommes.

Evidemment, il eût pu détacher du quai son bachot et, parfois aidé par le courant, ailleurs grattant le fond, en quelques jours gagner le plus proche village — ou ce qui passe pour tel en ces lieux. Tant il fut tourmenté par le désir de voir des hommes, le pauvre vieux faillit bien s'élancer vers sa barque. Mais lui parti, s'il ne pleuvait pas pendant son absence, son petit jardin de légumes dans la clairière juste défrichée se passerait-il d'être arrosé ? Lui-même, au reste, quand, à la taverne ou chez des gens, il aurait pris un coup, saurait-il ensuite s'arrêter ?

Le vieux chercheur d'or poussa un soupir et se remit à rêver : aujourd'hui enfin quelqu'un ne viendrait-il pas à passer ? Que ce soit un Indien Cris ou un Métis, peu importe, pensa Gédéon, tout homme mérite un bon accueil. Tout homme est rare et inimitable par ce que la vie a fait de lui ou lui d'elle ; sait-on comment tout cela se juxtapose, se mêle et se pénètre.

Le soleil commença de baisser. Entre ces berges sauvages, quelqu'un pouvait encore survenir, ce n'était pas absolument impossible. Et cependant, à cette heure, déjà les éperviers et les aigles du Nord volent en direction de leurs nids, et les hommes de la brousse, s'il s'en trouve en route, ou bien se hâtent un dernier coup, ou, de l'œil, cherchent l'endroit où dresser leur camp du soir.

Enfin le soleil disparut.

Il fit demi-sombre. Au-dessus de ces territoires si loin au nord la nuit d'été n'est pas complète ; elle ne dort, semble-t-il, que d'un seul œil, s'agitant comme une vague aurore. Gédéon, le chercheur d'or, tarda aussi longtemps qu'il y eut à l'horizon des reflets du soleil disparu. Les étoiles s'allumaient. Debout sur la berge, Gédéon écoutait. Le murmure de la rivière à cette heure devenait plus distinct, en même temps plus proche et plus lointain, comme un bizarre chant du monde. Il se passait quelque chose que ne s'expliquait pas Gédéon. Etait-ce la rivière qui parlait plus haut ? Ou simplement que le silence devenu plus profond laissait à l'eau toute la parole ? Mais en ces lieux le silence pouvait-il grandir ? Peut-être, après tout. Le vieux s'attardait. Ce seul murmure de l'eau c'était mieux que rien, beaucoup mieux, encore qu'avec toute l'attention possible on n'y pût entendre ni paroles ni sens précis ni même de vraie ressemblance avec de lointaines voix humaines.

En fin de compte, il dut bien se résoudre à passer son seuil. C'était pour lui le moment le pire. On ne peut imaginer tout ce qu'il pouvait y avoir en cette cabane déserte, en chaque coin tapi et prêt à se jeter sur lui, de méchant, de triste, de souvenirs devenus hargneux. Aussi bien n'entrait-il plus chez lui que comme une bête une fois prise au piège et qui s'en souvient.

Sur le bord du grabat, il s'assit, enleva une bottine trouée presque autant que sa vieille passoire. Il écouta. Que quelqu'un à cette heure puisse encore venir, lui-même n'y pouvait vraiment croire. Mais l'habitude est là, d'écouter, d'attendre. Il enleva l'autre bottine. Demain alors ! Demain peut-être ?

Il souffla sa chandelle. Il s'étendit dans l'obscurité, aussitôt ressentit l'étrangeté de sa propre présence, de toute présence humaine sur terre.

Et c'est alors que son cœur d'un coup brusque se débattit. Au loin, sur la rivière, à intervalles réguliers, une pagaie frappait l'eau. Oh ! le bruit aimable entre tous, ici, au fond du monde ! Gédéon s'aperçut que l'avait effleuré ce doute monstrueux : ni en ce ciel lointain ni sur cette terre lointaine il n'existait de pensée qui se préoccupât de lui.

Au clair de lune, sur le brillant de la rivière, il vit se détacher, en noir, le nez d'un canot, un buste jeune, une tête au profil délicat, avec d'abondants cheveux qui paraissaient pâles et volaient un peu au vent. La voix de l'étranger était belle aussi, elle annonçait quelqu'un d'intéressant. Il demanda s'il pouvait accoster, se reposer ici, manger quelque chose. Il dit qu'il n'avait cependant à donner en échange ni argent, ni même des nouvelles du monde, en vérité presque rien, sinon l'aide de ses bras si on la voulait. Il s'agissait bien d'échanges ! Déjà, au-dessus de l'eau lui tendait la main ce pauvre Gédéon, si heureux que sa bouche sans dents, tout ouverte, au clair de lune riait.

Mais quand ce jeune homme eut mangé tout ce qui fut mis devant lui et bu le thé fort offert en un gobelet noirci, combien plus encore l'aima Gédéon. Seulement alors songea-t-il à lui demander son nom.

— Pierre, lui dit le jeune homme.

Il avait sorti de sa poche ou de son baluchon un bout de crayon usé si ridiculement qu'on le voyait à peine dans sa main. Ses doigts avaient l'air d'écrire d'eux-mêmes sur le papier. Ou était-ce un dessin qu'il avait entamé ?

De temps à autre, il fixait le chercheur d'or assis devant lui sur une chaise qu'il maintenait penchée en arrière, s'y faisant aller et venir par un mouvement de son corps comme en une berceuse. Entre eux, la bougie de suif les éclairait à peine l'un et l'autre ; certaines choses sortaient de l'ombre avec tout leur prix : la lueur des yeux, les petites flambées de souvenirs qui s'y allument à la pensée. Pierre, après avoir regardé un instant le visage de Gédéon, vivement grattait le papier ; puis il rejetait la tête un peu de côté pour mieux voir ce qu'il avait fait.

Le vieux pensa à ces petits *gophers* des Prairies. C'est actif, c'est menu, c'est gracieux, ça n'arrête pas de fouiller la terre de leurs pattes fines pour y enfouir leurs provisions. Ce jeune homme avait vraiment cet air d'enfouir quelque chose, ou peut-être après tout de le déterrer plutôt. Gédéon rit un peu pour se montrer aimable, et demanda :

— Qu'est-ce que tout le temps tu besognes donc à faire comme ça ?

L'autre ne répondit que par un demi-sourire. Tout simplement, il semblait qu'il ne pouvait s'empêcher de crayonner.

— Tu viens de loin ? risqua encore Gédéon.

Sur lui-même ce jeune homme ne paraissait pas non plus disposé à s'entretenir. Il avait des yeux attentifs, un air aimable et en même temps très secret — ou plutôt contenu, un peu éloigné de lui-même, dans son intérêt amical pour l'histoire d'autrui. A chaque être pourtant sa propre vie paraît passionnante, sa pauvre vie, si vite écoulée..

Le vieux chercheur d'or poussa un grand soupir. Il se mit doucement à raconter.

Vingt ans auparavant, ils étaient ici une huitaine d'hommes, des revenants du Klondike, de retour du grand *rush ;* l'un d'eux, comme ils remontaient la rivière, y avait vu briller une pépite. Ils s'étaient arrêtés; on avait bâti des cabanes ; ensemble, comme on pouvait, à la vieille méthode, on s'était mis à laver les galets de la rivière. On avait pu croire à un placer assez riche ; rien comme le Klondike, bien sûr, mais on avait la paix. Peut-être, à tout prendre, l'or n'avait-il jamais fait d'hommes aussi heureux qu'eux en ce temps-là, dans leur petite république naissante, avec ses lois à elle, peu d'ingérence de l'extérieur, et, précisa Gédéon, une bonne variété de caractères comme il en faut, des gens instruits pour expliquer la vie, d'autres pour se plaire aux explications.

Comme il racontait, la nuit devint plus profonde. On pouvait voir une multitude d'étoiles, sans avoir à bouger, dans le cadre de la porte laissée ouverte. Assez souvent, sur le violet de la nuit, dans un silence toujours étonnant, partait à la dérive l'un de ces feux. Le jeune homme venu par la rivière écoutait. De temps en temps il donnait un coup de crayon. Gédéon reprit la parole.

— Y a-t-il rien au monde, demanda-t-il, qui autant que l'or a fait voyager les hommes ? Ceux d'ici avaient traversé presque tout le continent ; ils repartirent, les uns vers Flin-Flon, quand on entendit parler de cette ville de l'or surgie un jour presque toute faite dans le nord du Manitoba ; d'autres, on ne sut jamais où ils portèrent leurs pas. Un jour, il s'était réveillé seul en ces bois. C'est-à-dire, il lui restait sa femme et leur petite fille. Quoi faire ? Partir ? Mais peut-être était-ce aujourd'hui même, demain au plus tard, que la rivière lui apporterait les grosses pépites. Comment savoir ? Il se pouvait que la rivière eût envie d'éprouver la fidélité de l'homme. Qui comprendra tout cela ?

Gédéon mit son visage entre ses mains, pensa à ces choses embrouillées : l'espoir, l'attente, et puis, l'étrange détermination, parce qu'on a tant attendu, de persévérer encore. Il lui échappa tout à coup un petit rire.

Ainsi était-il devenu une curiosité, le dernier homme, paraît-il, à chercher de l'or dans les galets d'une rivière ; des gens, au passage, le lui avaient laissé entendre d'un regard plein d'étonnement ; d'autres le lui avaient dit assez clairement: eh oui, une curiosité!

Pourtant, demanda-t-il avec un regain d'espoir, est-ce qu'ailleurs dans le monde, en Australie, par exemple, il n'y aurait pas quelque autre homme de même façon occupé ?

Apparemment cette idée lui plaisait ; il y revint, du regard suppliant Pierre de le rassurer là-dessus. Lui qui avait beaucoup voyagé, n'avait-il pas entendu parler d'un autre solitaire chercheur d'or quelque part dans le monde ?

Puis il oublia cette lubie en pensant au plus triste de ce qui lui était advenu: sa femme était morte, sans doute d'ennui. Quant à sa fille! Un soir, au débarcadère, il avait vu quelqu'un lui parler. Un trappeur jeune, assez avenant de sa personne. Qu'avait pu dire, promettre cet homme? La petite s'ennuyait aussi, il faut croire. Une si bonne petite, douce et plutôt peureuse. Comment avait-elle pu s'en aller avec cet inconnu? Jamais depuis il n'en avait eu de nouvelles. Il s'était informé à tous ceux qui passaient; ou bien on ne voulait pas lui dire ce qu'il en était de son enfant; ou bien on ne le savait pas. Et voici que la vie s'était mise à jouer avec lui comme avait joué la rivière: demain peut-être la petite va revenir. Et puisqu'on a tant attendu, attendons encore un peu.

De plus belle, le jeune homme grattait le papier de son petit bout de crayon.

A la longue le vieil homme eut de la curiosité. A tout moment, les yeux du jeune gars venaient à lui, lui touchaient brièvement le visage, repartaient on aurait dit avec quelque chose: le front, un mouvement des lèvres, une pensée, un morceau du crâne peut-être. Cela faisait penser un peu aux vautours qui connaissent le meilleur à manger: les yeux, et puis le tissu nerveux le plus fin, la cervelle.

Gédéon se leva. Il s'approcha. Il prit la bougie, l'éleva. Entre les mains du jeune homme, au déplacement d'air, bougea un morceau de papier.

— Hé hé, fit Gédéon, un beau dessin!

C'était la tête d'un vieux à la lippe un peu triste, aux yeux égarés en des souvenirs brouillés, avec des joues couvertes d'un poil rêche et des cheveux grisâtres lui retombant en paquets sur les oreilles et sur le front. Gédéon ne se reconnaissait pas encore tout à fait. Puis il eut un grand sursaut. Il regarda mieux, et, doucement, se mit à pleurer.

Ce n'était pas de chagrin.

Ah, Seigneur, c'eût été plutôt de délivrance!

— C'est moi, se prit-il à gémir comme s'il y avait là du bonheur. C'est bien moi, va!

Il n'en revenait pas. Il y avait là un sortilège. Car voici: un étranger était survenu, sans bagage, pour ainsi dire sans nom: Pierre, c'est tout. Il s'était assis un moment, avait écouté Gédéon, prenant quelques notes; et, à présent, tout était sur un bout de papier grand comme la main: la vie, bizarre, un jour après un autre, et cela fait la vie, le passé; cela vous conduit à la mort. Hier, on était jeune; aujourd'hui on est vieux. Tout: l'étonnement d'avoir vécu, l'âge, qu'on en fût rendu là tout de même à force de patienter, et jusqu'à la douce tristesse que cela fût enfin compris.

Gédéon pleura quelques minutes encore sur cet étrange chagrin merveilleux. Il renifla un bon coup, s'essuyant le nez et la bouche du revers de sa main poilue. Puis il pressa Pierre de s'installer ici comme chez lui, d'y rester tout le temps qu'il lui plairait; pourquoi pas tout l'été? La place était ample, disait le vieux, tout surexcité; les provisions, abondantes.

Au clair de lune, il mena Pierre voir un carré de légumes gagné de peine et de misère sur les buissons empiétants et dévorants. C'est entendu, toujours quelque chose avait faim: les mulots, la belette, le siffleux, les oiseaux aussi, Dieu sait quoi encore! Dieu avait peut-être créé la faim la première. Et, de plus, les mauvaises herbes! Profitant de ce qu'il les distinguait, parmi les mange-tout, Gédéon se pencha, arracha une poignée de choux-gras. En se dressant, il désigna du doigt quatre poules endormies à la fourche d'une branche feuillue. Il rit.

— La chouette ne les aura pas encore cette nuit. Même les poules, vois-tu, ont ici à devenir un peu plus fines que nature.

Si Pierre voulait rester, dit-il, décrivant la nuit d'un geste large, tout serait à lui de moitié. Il parlait aussi d'or, de beaucoup d'or à prendre dès qu'ils seraient deux à le chercher. Qui sait, la rivière n'attendait peut-être que cela. Elle ne se plaisait peut-être pas dans la compagnie d'un homme seul. Mais quand, sur ses berges, elle entendrait des voix s'interpeller et se répondre, presque sûrement cela l'agiterait elle aussi, l'amènerait à de meilleures dispositions. Une rivière, c'est si curieux, disait le vieux.

Pierre se taisait. Il gardait le front levé comme vers une éclaircie en ses pensées. Il regardait les étendues infinies du ciel constellé, et il avait le sentiment d'une incommensurable distance en lui-même à franchir. Pourtant il y avait déjà dix ans qu'il était en route pour chercher ce que le monde voulait de lui — ou lui du monde, et était-il plus avancé! Guère plus d'un jour ne passait maintenant sans qu'il entendît cette plainte de son âme: Hâte-toi, Pierre: le temps est court, le but lointain.

A ses côtés bavardait inlassablement Gédéon. Pierre lui mit le bras autour des épaules comme pour l'engager à se moins dépenser en ses discours. Ces vieux solitaires, à vouloir tout dire en une heure, s'exténuent. Lui aimait le silence. Une main sur l'épaule de Gédéon, il sondait la nuit si étrange du Nord, palpitante d'étoiles, comme nulle autre au monde prête, semblait-il, à expliquer aux hommes leur propre désir si souvent à eux-mêmes incompréhensible.

II

Une quinzaine plus tard, il était loin déjà sur la rivière dont les bords se faisaient pathétiques, dénudés. Il n'avait cessé de monter vers le cercle polaire. A présent, les arbres des climats tempérés jusqu'ici aventurés paraissaient avoir enduré une épreuve assez proche de la misère humaine. Sans plus d'élan, sans plus de vigueur, ils montraient des corps débiles et souffreteux. Oh, le beau jardin de Gédéon dans la clairière, sous la lune, c'est alors qu'il eut tout son prix dans le souvenir de Pierre!

Il monta plus haut encore. Ce qui restait d'arbres se pressait au plus près de la rivière. Enfin, un jour, il parut à Pierre qu'en ce petit corps grêle à moitié arraché de la berge et cependant tenace encore avec ses racines gonflées comme des veines, il contemplait le dernier peuplier-tremble à vivre sous ces latitudes. Ensuite ne subsisteraient plus, mais allant encore loin ensemble, jusqu'au delta du Mackenzie, l'un et l'autre presque toujours côte à côte, que l'épinette et le petit bouleau blanc. Les arbres aussi semblaient fraterniser, se groupant selon des traits communs ou par quelque étrange solidarité.

Pierre s'approcha de la berge, planta sa pagaie debout dans l'eau peu profonde, près du bord, pour examiner à loisir, en détaillant sa forme, le petit peuplier-tremble. Très penché au-dessus de l'eau, le petit arbre avait l'air de considérer comment pour lui tout allait bientôt finir.

Pierre cueillit en sa poche un bout de crayon, un morceau de papier. Les feuilles de l'arbre tremblaient. Il s'échappait de ce murmure doux une voix de tendresse. Pierre écouta un long moment. Il eût aimé à travers son dessin faire entendre aussi quelque chose de cette voix.

Mais quelle était donc sa tâche qui se faisait plus exigeante, plus audacieuse, à mesure que lui-même progressait? De cette manière, comment atteindre un but? Ah, mais n'importe! Peut-être ne s'agissait-il dans le fond que de rendre cet arbre-ci distinct de tous les autres, de le révéler.

Il commença son croquis en traits extraordinairement rapides, scrutant malgré lui son propre mobile. Qu'est-ce en somme qui l'intéressait? Le côté solitaire, abandonné des choses? Peut-être pas toujours. Alors quoi? Cela le vexait d'être à ses propres yeux une telle énigme. Mais avait-il à creuser le fin mot de l'affaire? Son arbre malingre exprimé — vengé peut-être — il passerait à autre chose, irait ailleurs. Sa vie n'avait-elle d'autre but

que d'arracher quelque chose en passant au vide effa-
rant, à l'effarante solitude qu'il traversait?

Le croquis terminé, il ne lui jeta guère plus qu'un
coup d'œil — vite il se désintéressait de ce qui, au vrai,
ne lui coûtait pas encore tellement. Il ne fut pas mécontent: sur le papier comme sur la berge venteuse
l'arbre était seul; cela se devinait à un espace dénudé
autour de lui; à quelque chose de las dans les branches.
On sentait que la vie de cet arbre était une folie comme
apparaît folie tant de nos entreprises.

Pierre reprit son dessin, l'examinant avec une soudaine curiosité. Etre d'impulsion et d'élan, il ne savait
pas encore comment il obtenait ses effets. La détresse
de l'arbre vivant était angoissante, mais plus angoissante encore celle de l'arbre fixé sur le papier. Pierre
pensa à ces papillons capturés et cloués, desséchés, sur
un fond de carton. Son arbre lui parut semblable —
et pourtant non, car il vivait, et là était l'inexplicable.
Il ouvrit une sorte de cartable: deux planchettes que
maintenait en place une bande élastique. A l'intérieur
palpitèrent des centaines de papiers: crayons, dessins
à la plume, mille ressemblances animales, végétales et
humaines. En émergea au regard un visage de vieille
femme sauvagesse fumant la pipe. Puis le tout fut serré.
Pierre regagna le courant de la rivière.

Pour lui, tout était encore presque aussi simple que
cela.

Des moments d'angoisse, surtout la nuit, l'avertis-
saient qu'il n'en serait pas toujours ainsi; il avait même
parfois l'impression que la vie ne se montrait douce

dès le départ qu'aux fins de l'attirer peu à peu vers quelque passage redoutable. Mais ces moments fuyaient et le laissaient tranquille.

Il redevint joyeux. Le pays avait changé. De son avenir: ce qu'il aurait à apprendre, à peser et à rejeter, il ne sentait pas le poids; il ne fut qu'exaltation. Lancé en un paysage nouveau il avait la sensation que rien de ce qu'il découvrait ne serait jamais perdu, dans son souvenir. Sans doute, un jour ou l'autre, lui faudrait-il vivre sur ce qu'il aurait acquis, subsister sur son trésor; c'est là ce qu'on appelle l'âge mûr de l'homme: vivre des provisions amassées en route. Que ce fût le plus tard possible! Il en était loin encore, pensa-t-il, enivré. Et, entre ces rives désertes, sa voix s'éleva en un gai yodel.

Plus tard dans la journée, il atteignit un endroit où la rivière commença de descendre sur des cailloux, en pente modérée d'abord, puis des remous plus forts prirent le canot de travers, cherchèrent à l'entraîner.

La pagaie volant de droite et de gauche, il navigua entre les rapides. Une fine vapeur d'eau humectait son visage. Les pointes de roc, les passages de biais, il surveillait tout à la fois des yeux qu'il avait très bleus, avides, un peu bridés comme ceux des Indiens, à vivre au grand jour et dans la réverbération de la lumière. Même dans le danger, une parcelle de son regard ne cessait pas de s'émerveiller de voir scintiller l'eau et le soleil.

Les rapides franchis, son âme aussi parut entrer dans une eau calme. Rien ne lui était demandé, pensa-t-il, que chaque jour un effort raisonnable, un effort sincère. Et même, qui le lui demandait?

Le soir venu, il dressa son campement au bord de l'eau, sans embarras, en quelques gestes rapides qui lui étaient aussi naturels à présent que de pagayer. Sur des branches de sapin, il déploya sa couverture. Au-dessus, en cas de pluie, il tendit un bout de toile, à côté posa son fusil chargé, puis alluma du feu. C'était tout. La solitude la plupart du temps était bonne fille. En son filet tendu à l'arrière du canot se débattaient justement de beaux poissons. Il en remit quelques-uns en liberté, garda le plus grand, l'écailla et, l'empalant sur une gaule verte, le mit à griller au-dessus du feu réduit en braises. Il mangea; il but du thé très fort qui avait un léger goût de fumée. Ensuite il se glissa sous l'abri, écartant un peu la toile de manière à voir le ciel. Les étoiles venaient de très loin prendre leur place dans la nuit. Etait-ce la nuit? Pouvait-on appeler nuit ce bleu à peine sombre qui reposait sur la longue plage étincelante qu'à minuit passé le soleil laissait encore derrière lui, tout au long de l'horizon? Il y avait, au bout de la terre, entre le jour et la nuit, au bas du ciel, une sorte de plaine illuminée, contrée intermédiaire d'un attrait indicible. Cette heure a des effets divers sur les voyageurs du Grand Nord. Les uns tombent alors sous le coup d'une mélancolie déchirante. D'autres deviennent comme fous de confiance: leur destin leur paraît grandir. Sans doute, avait-il franchi aujourd'hui le soixante-huitième latitude nord, pensa Pierre. Il allait vers des jours de plus en plus longs. Etait-ce l'excès de lumière qui chassait le sommeil? Pierre sentit qu'il n'allait pas pouvoir s'endormir.

Quelquefois revenaient le harceler dans son repos les visages, les êtres et les choses aperçus au passage puis dépassés. Il lui arrivait de se relever, de rallumer son feu, de chercher du papier et de reprendre, de mémoire, un dessin dont tout à coup il n'était plus satisfait. Ou encore, il pouvait recevoir une soudaine illumination, un conseil si précieux qu'il fallait le saisir au vol.

Rien de semblable pourtant, ce soir, dans son agitation. Elle n'était ni reproche ni ce coup de vent qui met en branle les facultés créatrices. Ce qui remuait en lui semblait n'avoir rien à faire avec les choses accomplies ou à entreprendre dans l'immédiat. C'était une fébrilité intense, mais sans objet apparent. Peut-être qu'en lui un lointain accomplissement commençait cette nuit à prendre vie. D'abord, il eut l'impression d'un vaste paysage, d'une splendeur étrange et froide; il ne le voyait pas véritablement; il le connaissait pourtant, à la manière dont se révèlent à quelqu'un qui rêve éveillé des aspects inconnus du monde. Sans doute ne s'agissait-il que d'un paysage — il entendait pourtant l'appel d'une beauté qui n'existait pas encore, mais qui, s'il en atteignait la révélation, le comblerait d'un bonheur sans pareil. A une distance indéterminée quel était donc ce bonheur à venir dont il recevait déjà une telle chaleur d'âme?

Il se retourna sur sa couche de branches, empli d'une attente extrême. Allait-il surprendre le secret de cette aspiration extraordinaire? Il revit ces étranges lacs encerclés par les Rocheuses dans les hauteurs solitaires de l'Alberta, qui, entourés de pics glacés, élèvent tout à coup au milieu de leur eau glaciale un geyser bouillant. A Pierre il devint impossible de rester en place. Il se releva, éteignit les braises, embarqua ses affaires, sur l'eau noire s'envola.

L'étrange nuit qu'il vécut! Belle dans le présent, avec son chuchotement d'eau et d'herbes le long du canot, ses bizarres sautes de vent qui d'un coup écartaient les nuages, créant au sein d'un cumulus une profonde éclaircie, un grand lac lunaire; belle dans sa solitude sans âge, mais plus belle encore d'espérance chantée dans les airs. La palpitation des herbes, l'éclat soyeux de l'eau, l'ample respiration de la vallée, est-ce que tout dans la nature n'était pas ce soir vastes appels? Sans nulle part s'arrêter, toute cette nuit Pierre voyagea.

Le lendemain, la rivière s'étala, elle courait pourtant de plus en plus vite, comme aspirée déjà au loin; puis elle tomba dans plus vaste et plus profond qu'elle-même, dans un grand fleuve dont l'écoulement s'entendait de loin et qui devait fuir vers l'océan arctique. L'air devenait plus piquant.

Pierre n'hésita qu'un moment. On était au plus fort de l'été. Le poisson abondait. A cette saison il devait partout y avoir des baies accessibles. L'on pouvait encore se risquer plus loin au nord. Du reste, étant parvenu jusqu'ici, comment aurait-il pu résister au désir de filer au moins jusqu'à cette bourgade dont le nom l'attirait: Fort-Renonciation.

Cependant, même les épinettes et les bouleaux se firent rares. Ils n'apparaissaient plus qu'en petites touffes isolées, presque noires sur le sol rocailleux et formaient là comme des groupes de personnages rassemblés au hasard dans le grand désert. Le sol, de plus en plus rocheux, se libéra des broussailles. Alors apparurent des fleurs inconnues ailleurs, s'étendant en nappes comme une bruyère rousse.

Pour les voir de plus près, s'assurer que c'étaient des fleurs, Pierre s'écarta du fort courant, traversa des remous, lutta longuement de biais contre la puissance de l'eau. Il perdit ainsi environ une demi-journée peut-être. Mais oublierait-il jamais la couleur étonnante de ces fleurs, en perdrait-il la nostalgie?

Des chiens maigres, au regard phosphorescent, aux flancs creux, de longue date affamés, vinrent gronder furieusement jusqu'au quai branlant, à l'approche du canot. Pierre attacha son embarcation à un pilotis de bois rongé. Il s'engagea, son baluchon au dos, sur une étroite et très longue passerelle de planches, ayant sur chaque côté de frêles perches en guise de main-courante. De tout l'été ne devait pas sécher le sol continuant presque à perte de vue les rives spongieuses et défoncées. Aussi bien, la passerelle comme un trottoir surélevé, emjambait-elle un vaste marécage pour permettre d'atteindre à sec, là-bas, la bourgade.

C'était, au plus, une quinzaine de cabanes dont deux ou trois étaient peintes: sans doute le poste de la Compagnie, le petit couvent des Sœurs, la demeure de

quelque négociant. Le reste, planté de guingois sur le
roc qui émergeait partout en plaques grises, ou monté
sur pilotis dans la boue, exprimait une misère infinie.
C'était donc cela, Fort-Renonciation!

Ni dans la bourgade, ni dans les plats alentours, il ne
semblait y avoir d'arbres. Peut-être n'y en avait-il jamais
eu par ici. Ou bien les avait-on abattus à la hache, par
crainte du feu? Sous tant de ciel, il n'y avait aucun
geste de branches ouvertes ou doucement retombantes.
Jamais encore Pierre n'avait contemplé paysage plus
accablant.

Quelque part, en ce tas de cabanes qui ne formaient
pas de rues, il s'en trouvait une, disait-on, qui servait
d'auberge.

Le sac au dos, son fusil à l'épaule, les chiens hargneux le suivant de près, il gravit le roc suintant, entra
dans la bourgade.

Alors seulement, devant l'une des maisons qui
étaient peintes, découvrit-il, maltraitées par le vent,
quelques fleurs de jardin. Sous le ciel immense, devant
cet horizon nu, rien à présent n'était davantage visible.

Alors, du petit couvent derrière les fleurs, sortit une
religieuse en volumineux habits gris, sa cornette blanche battant contre son visage. Trottinante, elle venait
s'occuper du jardin. Comme elle y travaillait, de la
maison surmontée d'une croix, s'échappa un appel de
cloche.

Pierre retint en son regard cette esquisse : la coiffe
agitée, de frêles herbes bousculées, quelques nuages
qui s'envolaient comme des trilles ...

III

Dans la petite auberge en planches, ce soir, était assemblé pour dîner à une table commune un bruyant groupe de voyageurs. C'était, pour la plupart, des hommes de la brousse au visage rougi par le grand air : prospecteurs en parka, leurs guides métis, aventuriers de pays lointains, même le pilote d'un de ces rares petits avions privés qui fréquentaient déjà le ciel du Nord; genre de compagnie que Pierre avait connu plus d'une fois depuis que dans les Territoires on commençait à découvrir des ressources minières et de pétrole

Autour de la table, la conversation montait jusqu'à faire penser à des gens qui se fussent crié des paroles des bords opposés d'un torrent. Cette petite salle, malgré ce qu'il restait à l'extérieur de clarté, était obscurcie par la fumée du tabac. A la hauteur de la lampe à suspension, elle stagnait en nuage. Seule parmi ces hommes s'affairait pour les servir une jeune fille, une

enfant plutôt, aux yeux butés et craintifs, peu habituée
à ce rôle, et qui devait en éprouver de l'ahurissement.
Le visage était fin et délicat, quoique crispé. Elle avait
de beaux cheveux, mais surtout l'attrait d'un corps tout
jeune. Sans doute, quelques-uns de ces hommes lui
disaient-ils au passage des impertinences. On la voyait
perdre contenance, essayer un air fâché, faute de savoir
comment se défendre, ou répondre aux plaisanteries
par des accès d'un rire nerveux.

Nina ! appelait-on ici et là. Nina ! lançait, de l'arrière, la patronne dont la voix disait qu'elle n'était
pas commode. A travers le vacarme un vieux phono-
graphe enroué essayait de se faire entendre.

Pierre, quand la petite serveuse passa près de lui,
tendit la main pour l'arrêter, d'un geste qui l'étonna
lui-même.

— Nina, dit-il doucement, avec timidité.

C'était le premier visage de jeune fille qu'il voyait
depuis longtemps. A travers ce visage, le sort féminin
lui sembla tout à coup pathétique au delà de tout. Il
aurait voulu encourager la petite serveuse, la soutenir... mais peut-être avait-il encore plus le désir de
fixer ses traits — sa manière à lui de défendre les êtres.
Elle lui apparaissait comme une petite Eve d'une sorte
nouvelle au milieu de ces hommes rudes — une Eve
qui déjà cependant avait une amère connaissance de
la vie.

Elle le fixait, rétive et gênée, en nouant et dénouant
ses doigts.

— Nina, reprit-il avec embarras, c'est pour faire votre portrait...

Pourrait-elle le rencontrer un peu plus tard, poser pour lui ? se hâta-t-il de préciser.

Elle le regardait, sur la défensive encore, mais commençant à prendre intérêt à son tour à ce singulier jeune homme aux longues mains déliées, au visage allongé, ni beau, ni laid, dut-elle penser, mais dont les traits étaient habités par une expression qu'elle n'avait découverte en aucun homme encore — comme s'il voyait en elle plus qu'un corps désirable ou une petite servante.

Peut-être ne comprit-elle pas tout à fait de quoi il s'agissait.

— Un portrait ?...

Flattée, elle finit par adresser à Pierre un petit signe de connivence.

C'était l'été — ce qu'il est dans ce bout du monde : des nuages de mouches rendues féroces par la faim, des chiens non moins affamés, des enfants en haillons jouant à se rouler sur le sol encore boueux. Mais leurs petites faces rondes aux yeux bridés pétillaient de vie; l'air était tiède; il n'avait pas gelé ces dernières nuits, même en surface; il ne restait plus de neige qu'à l'ombre des rochers; les vieilles Indiennes accroupies dans leurs jupes levaient vers l'horizon des visages méditatifs; quelques-unes portaient aux doigts leur chapelet, leurs lèvres remuaient d'un mouvement lent et paisible, comme si elles eussent regardé sans doute avec plus de confiance au delà de cette vie... Oui, l'été, tout de même !... Pierre et Nina, en se retrouvant, eurent un geste comme pour joindre leurs mains. Ce reste de soirée devant eux, pâli, mais translucide, d'un bleuté d'opaline, était si attirant.

Ils s'engagèrent à travers le petit village, les marmots, les chiens errants, les vieilles femmes, tout ce qui en pareils soirs est dehors à veiller auprès de petits feux allumés pour décourager les mouches. De passer aux yeux de tous avec quelqu'un de poli et d'attentif, vraiment un compagnon, faisait se redresser Nina. Sans doute était-elle mise en son plus beau, les jambes nues en des socquettes rouges, couverte d'un immense vieux chandail d'homme aux manches trop longues et dont les pans inégaux rejoignaient presque le bas de la courte jupe de cotonnade. Sur de hauts talons minces elle allait devant Pierre et souvent se retournait, pour le regarder avec un sourire à présent presque naturel.

Ils prirent l'étroite passerelle. Ils arrivèrent au bord de l'eau. L'air devint vaste. Leurs paupières frémirent à l'ample paysage. Ici, le Mackenzie, dépassant la moitié de son très long parcours, étalait une immense nappe d'eau. Le courant s'y distinguait, vif et emporté. Des oiseaux de mer erraient au-dessus du fleuve. Pierre entendit leurs cris d'espace. L'essence même du pays : son ciel triste, d'énormes nuages attardés, une sorte de mélancolique attente se reflétaient ce soir dans l'eau grise. L'un des plus grands fleuves du monde, pensait Pierre, et qui le connaît! Une poignée d'hommes seulement.

Il imaginait la fin du fleuve, l'extraordinaire delta, de plusieurs manières à la fois : couvert de pétrels de l'Arctique, dans le fracas des glaces — ou peut-être, au

contraire, dans un solennel silence, ou encore entre
des banquises ou même sans rives — le Mackenzie
entrant enfin dans l'Océan glacial. Là-bas, selon la
carte, se trouvait un dernier petit village : Aklavik.
Il surprit que ce mot était déjà inscrit dans sa tête,
dans son cœur. Quel homme était-il donc pour avoir
cette faim des endroits perdus ! Il se tourna avec viva-
cité vers la jeune fille à ses côtés. Il la vit un peu
comme Aklavik, peut-être... Sous tant de ciel, les humains font pitié. Comment était-elle seulement parvenue jusqu'ici ? d'où venait-elle ? lui demanda-t-il.

Elle parut frissonner de froid, s'enveloppa plus
étroitement dans son vieux chandail aux coudes troués.
De jour en jour, selon l'intérêt qu'elle pensait susciter
chez les uns chez les autres, elle avait inventé sur
elle-même un étrange roman, elle y avait mis des épi-
sodes à son goût, et peut-être avait-elle fini par y croire
elle-même quelque peu. Mais Pierre la regardait avec
une attention telle on ne lui avait jamais accordée:
elle revit alors la rivière, sous le ciel énorme la cabane, le petit débarcadère, sa vie, tout à coup, et, qui
plus est, se sentit le besoin d'en parler.

Son père, dit-elle, avait toute sa vie cherché de l'or
où il n'y en avait plus — peut-être n'y en avait-il jamais eu. D'après ce qu'elle raconta encore, Pierre crut
comprendre que ces deux êtres, sous une espèce d'en-
voûtement crée par la monotonie de l'eau, la monotonie du ciel, attendaient de la rivière qu'elle-même vînt
à le rompre un jour par une visite quelconque, un
événement enfin dans leurs vies. Mais ce qui existait
au monde, ils ne savaient se le représenter qu'en

feuilletant de vieux magazines, en y regardant jour
après jour des images: une ville, San Francisco; un
bateau sur l'océan; des visages de cinéma...

Un soir était apparu sur l'eau un semblable visage :
celui d'un jeune métis aux dents éblouissantes, vêtu
d'une parka de satin rose à parements violets. Le père,
le voyant s'attarder, avait cherché à tirer sur lui. Néanmoins elle était parvenue à s'entendre avec le jeune
homme. Elle s'était embarquée avec lui. Ce n'est qu'au
troisième jour du voyage qu'il avait révélé qu'il avait
déjà une femme, quelque part, en une bourgade éloignée. Avec un autre homme, moins jeune, moins beau,
elle avait continué un bout de chemin encore... Il lui
fallait avancer, continuer à chercher quelque chose...
alors qu'il devait être trop tard pour l'obtenir... car,
si l'on se trompe au début sur les hommes, est-il seulement possible de se rattraper?...

— Oh, pourquoi pas! dit-il, saisissant la petite
main aux ongles courts pour la porter un instant sous
sa veste, au chaud.

Il se sentait ému. Il avait grande envie d'ouvrir les
bras à cette créature errante. Mais les froides régions
désertes, les ciels à découvrir, sur son cœur exerçaient
aussi comme un amour, et le plus possessif.

Il fit asseoir Nina contre le vaste horizon tout péné-
tré de cris d'oiseaux de mer. Ces cris faisaient penser
à quelque naïve nostalgie que les oiseaux aussi eussent
pu connaître.

A grands traits il attaqua l'esquisse du délicat visage déjà usé. Il pensait malgré lui qu'il aurait fallu

la représenter nue, frissonnante de froid, en cet envers
du paradis terrestre.

Nina, en confiance maintenant, disait que, sans doute, avant longtemps, elle repartirait. Elle ne pouvait
pas s'en empêcher. Un jour, elle avait vu « en carte
postale » les Montagnes Rocheuses. Les « Big Roc-
kies », les appelait-elle. Et depuis, elle avait idée au
fond d'aller au moins jusque là, regarder de près ces
hautes montagnes... loin, à deux ou trois cents milles
encore... cela montrait, n'est-ce pas, à quel point elle
était folle... mais...

Mais, disait-il, bien des vies connaissent pareille folie... si c'en est une... Lui-même était atteint de
quelque chose du genre. Seulement, il ne savait pas
encore où se trouvait sa Montagne.

Le portrait avançait. Pierre devint silencieux. Il peinait avec concentration pour rendre compte, à partir
du modèle, mais à partir de lui-même encore plus, de
cette identité particulière — un visage à travers tant
d'autres !...

Il lui sembla y être parvenu. C'était bien en tout
cas le regard de cette petite nomade que consolait de
sa vie le splendide inconnu du monde.

La peine de l'effort se mua pour lui en fierté. Il souriait dès lors au visage capturé, se prit à siffloter, heureux absurdement.

Mais quel bonheur étrange : solidaire de tout ce
qui appelle au secours, Pierre, en définitive, se sentait
tout à coup l'homme le plus seul.

IV

L'hiver à présent ! La vie n'était pas assez dure. Il
y fallait de plus le gel atroce, les jours sombres, la
neige. Que l'on s'imagine tout ce Haut et ce Bas- Mackenzie désormais plongé pour des mois en un seul
jour crépusculaire. A peine le soleil va-t-il effleurer
l'horizon.

Peu d'hommes sont restés. Et seulement pour tra-
quer ce qu'il peut y avoir si loin de vie animale réfu-
giée. Ils vont déployer des ruses infinies pour avoir
sans abîmer leur fourrure des animaux dont le courage est parfois surhumain : quelques-uns ne vont-ils
pas s'échapper pour vivre encore un peu, se multiplier,
et que tout recommence !

Or, quelque part dans ce haut territoire, une forêt.
Elle est pareille à toutes ces petites forêts malingres
qui recouvrent presque en entier, du côté ouest, le
Nord canadien. C'est un bois grêle d'épinettes mêlées
à des bouleaux pareils à des bambous, un bois grêle

à travers lequel on devine un autre bois grêle, et ainsi de suite, jusqu'à l'infini. Quelque part dans cette forêt de misère, une cabane. Jamais encore n'a dessiné rien de si seul Pierre, qui a été vu par ici, qui est passé par là, que voici parvenu près lu lac Caribou, tout au fond des Territoires.

Ce soir, à cette fenêtre, brûle une chandelle. Pierre n'est pas seul. Ils sont deux en cette cabane. C'est avec le gros Steve — Hans Sigurdsen de son vrai nom — que Pierre entreprend son hivernage.

Ils achèvent les préparatifs usuels. Ils ont raccommodé les pièges, les raquettes. A travers le lac gelé et sur ses bords ils ont disposé des pièges adroitement dissimulés sous de petites branches et un peu de neige que Steve a ratissée d'un balai de sapin comme le ferait le vent. Ils n'ont plus qu'à attendre que s'y viennent prendre le vison, l'hermine, le renard, le loup-cervier, la martre peut-être, et, s'ils ont plus de chance encore, le pékan au poil incomparable.

Ce matin ils sortirent tôt de la cabane qui élevait à peine plus que son toit plat hors de la neige. Ils entreprirent la tournée de leurs pièges les plus proches. Sigurdsen prit la tête, tassant la neige à foulées de raquettes. Ici, c'était lui le chef, cet homme des bois expérimenté de qui Pierre avait tout à apprendre.

Autour d'eux rien ne se détachait clairement en cette lueur de songe, hommes et arbres y prenant la même allure; par moments, on aurait pu croire les hommes arrêtés et que c'étaient les arbres qui précautionneux avançaient.

Ainsi Pierre et Sigurdsen firent-ils un long chemin, enveloppés de leur propre haleine, toujours se taisant. Enfin, Steve, immobilisé, regarda à ses pieds, désigna quelque chose d'un bref grognement. Il y avait là comme une petite histoire écrite sur la neige. Des empreintes la racontaient. Vives, légères, elles marquaient la course d'un vison en quête de nourriture. (La frayeur imprime des pas encore plus rapides.) Un instant d'hésitation, puis, flairant l'odeur de l'appât, la menue bête affamée était repartie avec élan ... vers l'un des pièges.

Ils suivirent les pistes, arrivèrent à un léger amas de branches sous la neige. Sigurdsen, lent et calme à son habitude, se hâtait, sans bruit. C'est que la première capture de l'année est la plus passionnante, presque un augure de la saison à venir.

Il se pencha, souleva quelques menues branches disposées par lui-même la veille, et entrelacées autour de l'appât de manière à imiter un buisson naturel. Il y avait là une capture qui, du reste, bougeait, respirait encore.

Pierre à son tour regarda. Il vit un museau vivant, un pelage parcouru de frémissement, les yeux surtout. Vifs, brillants, autant que des yeux d'hommes ils semblaient dire la détresse et le vouloir de rester en cette vie. Fasciné, Pierre ne pouvait détacher son regard de ces petits yeux emplis de la mystérieuse chose qu'est la vie. Il avança la main comme pour flatter, peut-être rassurer la captive — c'était le singulier réflexe qui lui venait.

— Attention, fit Sigurdsen, le tirant en arrière.

En effet, le vison emprisonné avait failli mordre la main imprudente. Les babines retroussées sur de petites dents aiguës frémissaient comme d'une haine intense.

Alors Sigurdsen écartant les branches découvrit en entier le petit vison. Il gisait, pris par une patte qu'il avait déjà presque totalement rongée. La patte ne tenait plus que par un tendon déjà attaqué, un peu de fibre vivante. Quelques coups de dents encore, et il se serait échappé.

— Cela m'est arrivé, dit Sigurdsen, de ne trouver au piège qu'une patte.

Pierre, silencieux, regardait ce qu'il n'avait encore jamais vu de si près : la vie en ses derniers instants. Puis Steve, d'un coup sec de bâton sur la tête, acheva le vison. La vie eut un dernier sursaut, puis se retira, délivrée. Il restait une très belle fourrure rayée d'un riche brun à fond doré. Steve, heureux, la tenait sous le meilleur jour pour la faire admirer à Pierre.

Ils continuèrent leur tournée. Pierre avançait en silence, véritablement partagé en deux: un homme qui souhaitait de riches captures pour être mis à l'abri du besoin, pour pouvoir donner tout son temps et toute son énergie à illustrer de dessins la création étrange; mais aussi un homme qui souhaitait presque la vie sauve à ces petites créatures; tout au moins qu'elles aient le maximum de chance contre ceux qui les traquaient. Il allait, et le mystère de la vie et de la mort lui paraissait allier ici plus que jamais les hommes et les bêtes.

Cette journée presque sans jour fut longue et ha-
rassante, assez riche de prises toutefois.

Le crépuscule céda à la nuit.

L'un derrière l'autre, chargés de bêtes mortes, ils
rentrèrent à la cabane.

Dans les bois sombres apparut sa petite masse à
peine plus sombre, sans feu ni lumière, éveillant pourtant déjà une idée de chaleur, de réconfort. Mais plus
encore peut-être, au fond de ce terrible jour engourdi,
éveillait-elle en l'âme humaine la douloureuse respon-
sabilité de l'être pensant.

Les soirées, du moins, étaient presque heureuses entre ces deux hommes.

C'était Sigurdsen le cuisinier, qui fricotait le plus
souvent leurs plats — presque toujours les mêmes :
des crêpes si c'était jour faste; autrement, des fèves au
lard; et, le lendemain des fèves au lard réchauffées.
Si le temps devenait trop mauvais pour sortir, le cuisinier en profitait pour tourner des galettes.

Leurs fèves avalées, leurs écuelles rincées dehors
avec des poignées de neige, Pierre tirait de son côté
la bougie. Il se mettait à dessiner. La cabane souvent.
De face, de profil, très au loin sous des amas de neige;
mais, parfois, si proche qu'elle donnait la sensation
d'un feu allumé, de quelqu'un là-dedans qui veillait,
qui pensait.

Le gros Sigurdsen avait étalé sur une caisse mise
debout les cartes à jouer, grasses aux doigts. Des deux,
le soir, c'était lui l'enfant. Ce colosse aux épaules de

lutteur, aux énormes mains, s'occupait des heures durant à des jeux de patience. C'étaient des jeux sans difficultés, mais Steve, le soir, avait l'esprit gourd, la tête somnolente; il apportait à son jeu une concentration malaisée. Il mouillait son pouce, retournait une carte, paraissait longuement indécis. Pourtant il ne s'agissait la plupart du temps que de placer une rouge sur une noire, ou inversement.

A d'autres moments, il prenait au mur son accordéon et peut-être cherchait-il à lui faire exprimer d'abord son ennui. Mais l'accordéon est un instrument gai. Battant le plancher de la semelle, Sigurdsen marquait une vive mesure. Il s'animait. Il regardait les ombres danser au plafond, leur donnant des noms de jeunes filles, celle-ci était Rita, celle-là, plus grasse, Augustine ou Charlotte; il les interpellait, les guidait dans les figures d'une danse, commandait leurs mouvements, de saluer, de virevolter et, enfin, brusquement, sur un ton rogue, d'aller toutes se coucher, la fête était finie.

C'est que lui-même alors tombait de sommeil. Il venait voir un instant à quoi s'occupait Pierre, lui donnait une tape à l'épaule, l'encourageant : « Continue tes devoirs », puis se retirait sur son châlit.

Il y en avait deux, en étagère, l'un au-dessus de l'autre, contre le mur le plus long de la cabane, garni chacun de paille craquante. Steve occupait celui du bas. Peu après s'y être allongé, il se mettait à ronfler paisiblement, sur un rythme égal, comme une écluse ouverte.

Pierre continuait de travailler.

Il reprenait sans cesse la petite maison de la forêt. Avec ses rondins de bois grossiers recouverts de glaçons, sa porte enfoncée dans le sol, la petite descente de neige foulée pour y accéder, elle apparaissait misérable et cependant accueillante; ou encore, close et inhabitée, sans trace de pas autour. Cela n'était pas encore à la satisfaction de Pierre. Sans doute les arbres alentour ne donnaient-ils pas assez l'impression du vrai. Pour atteindre ce terrible **vrai**, il commençait à s'en apercevoir, il y a lieu quelquefois de forcer un peu le trait, de souligner. Que les **choses se mettent à en dire** un peu plus dans l'image que sur nature, là était sans doute le souhait absorbant de son être.

Il pencha davantage ces petits arbres déjà si faibles et qui, cependant, dans leur inclinaison, semblaient se soutenir l'un l'autre pour s'empêcher tout à fait de tomber. Il neigeait sur cette scène du monde abandonné.

Puis, vivement, Pierre ajouta quelques traits, et tout fut changé. Si peu que ce fût, ces lieux revivaient. C'est que, près la porte, où Steve et lui-même, de retour de tournée toujours les déposaient, Pierre venait de mettre leurs raquettes piquées debout dans la neige.

En un grand nombre de ses croquis devait reparaître ce détail des raquettes, l'une à l'autre paire appuyée.

V

Dès lors, la neige était haute, ils pouvaient tendre leurs pièges sur l'étendue profonde de leur territoire; il valut la peine d'atteler les chiens.

Steve en avait cinq, des esquimaux à pelage touffu, à tête fière, des chiens plutôt maigres mais vigoureux, tranquilles pour le moment, ne se plaignant pas.

De grand matin, Steve les attela au traîneau, à la file. Lui ou Pierre, à tour de rôle se tenant debout sur les lisses, ils firent un bout de chemin gaiement. Les chiens trottaient ferme, ils paraissaient heureux de se retrouver à leur tâche; la forêt résonnait de leurs rauques voix, et cela faisait presque joyeux. Pierre ne comprenait pas pourquoi Sigurdsen les avait si longtemps ménagés.

Vers midi, ils s'arrêtèrent pour manger sur place un morceau tout juste dégelé au-dessus d'un feu de brindilles. Les chiens tout autour regardaient les hommes manger. Pour eux, rien.

— Jamais le midi, dit Steve.

Les chiens ne se plaignirent pas. Assis dans la neige, ils suivaient du regard le geste des hommes portant à leur bouche un morceau de galette. Quand le morceau de nourriture allait disparaître, chaque chien avançait un peu les babines, il salivait.

On repartit. Depuis très tôt le matin, les chiens ouvraient la piste. Pierre observa que leurs jarrets commençaient à trembler sous l'effort, qu'ils devenaient hargneux, prêts à se mordre l'un l'autre dès que Steve éloignait son fouet.

Le soir très tard, les chiens eurent enfin à manger : à chacun, quelques poissons dégelés.

Au milieu d'eux, Steve les appelait par leur nom :

— Fili, Loup, Blizzard...

A peine lancé, le poisson était happé au vol, englouti.

— C'est tout ? demanda Pierre.

— Presque six livres de poisson, et tu trouves que ce n'est pas assez ! éclata Sigurdsen sur un ton de colère étrange qui parut lui-même le confondre. Sache-le, il y a peu de trappeurs qui nourrissent mieux leurs chiens.

Il parvint à se radoucir un peu.

— Il faut que la provision de poisson gelé dure tout l'hiver.

Les chiens se couchèrent. Dans la nuit, il neigea abondamment. La piste fut à recommencer. Les jours s'enchaînèrent.

— Remarque ceci, dit Steve, un autre jour; il n'y a pour ainsi dire pas moyen de rassasier cette espèce de

chiens; plus tu leur donnes à manger, et plus cela leur
creuse le dedans.

Une autre fois, il observa :

— Si tu veux avoir de bons chiens de trait, il ne
faut pas leur donner tout à fait à leur faim, mais les
tenir en haleine, un peu comme les chiens de course
que l'on voit foncer à toute allure vers la proie de
carton qui s'éloigne d'eux... tout le temps s'éloigne...

Par la ruse et par la force : ainsi régnait l'homme.

Dans leur sommeil, les chiens commencèrent à gein-
dre un peu.

— Ils rêvent à des chasses, Steve se laissa-t-il aller
à dire.

Leurs plaintes ne croissaient qu'imperceptiblement
de jour en jour. Pierre commença de les esquisser au
crayon. Tout autour de la cabane, des croquis épinglés
au mur racontèrent, en une espèce de fresque, la vie
des cinq chiens.

On les pouvait voir, le midi, à l'écart du feu et de la
nourriture, l'air résigné; puis assis en rond autour du
maître qui va enfin leur donner à manger; et encore,
au repos, avec d'étranges regards lointains qui reflétaient le feu mourant. On les pouvait distinguer l'un
de l'autre, Fili à une oreille qu'il avait plus basse, Renard à l'arrogance de sa tête, Loup à son œil de solitaire...

Un jour, devant tous ces chiens au mur, Steve, comme pris de colère, leva les bras, grommela :

— Si jamais tu veux voir des chiens crève-la-faim,
pauvres de poil, malades de gale, va donc voir un peu
dans les réserves, chez les Cris, chez les Chipeweyens...

Il était sorti, frappant la porte derrière lui.

Il vint une tempête assourdissante dont les glapissements de meutes invisibles tourmentèrent et terrifièrent les chiens de traîne. Jusque là, chacun s'était tenu seul rigoureusement, avait creusé pour dormir son propre trou dans la neige. Cette nuit les vit-on l'un vers l'autre tendre un regard inquiet, s'appeler en un langage qu'on ne leur avait pas connu, pour enfin se rapprocher.

Ils se couchèrent corps à corps, laissèrent la neige tourbillonnante ensemble les recouvrir. Elle monta au-dessus d'eux pour former un léger monticule à peine dénivelé — on eût dit une autre dune amassée par le vent.

Au matin, apaisé, seul ce renflement devant la cabane marquait la place des chiens ensevelis. Puis la butte se mit à bouger : une tête et une autre émergèrent. Revenus au jour, les chiens restaient écrasés sur leur arrière-train, tout blancs de neige, le poil hérissé, l'air ahuri, comme se demandant qui ils étaient, d'où ils venaient, pourquoi ils étaient des chiens. C'était l'heure de les atteler. Pierre, prompt d'habitude au commandement, s'attardait à étudier le groupe figé. Steve, de le voir ainsi absorbé, en eut tout à coup de l'humeur. Parfois il prenait ombrage de ce que Pierre servait un maître qui n'était pas le seul cruel besoin de vivre. Mais déjà Pierre, en trois traits, avait noté l'essentiel : l'affaissement du col, la perplexité du regard, le regret peut-être d'être ressortis vivants des rêves sous la neige.

VI

Ils avaient pris le rythme épuisant des longues tournées du plein hiver, ne revenaient plus au gîte que toutes les trois semaines, pour un ou deux jours, après quoi ils repartaient, poussés par un vent glacial, ou en lutte contre lui pas à pas. Ils dormaient dès lors en leur camp volant, mangeaient une poignée de fèves à peine dégelées, puis, sans soleil pour leur annoncer l'heure, se remettaient en route, des ombres d'hommes à la poursuite de la bête inlassablement et, comme elle, devenus peut-être cette seule pensée : survivre. Malgré l'épaisseur des vêtements, Pierre en vint à ressembler à ces hautes épinettes malades qu'il avait si patiemment et tant de fois étudiées; pauvres arbres, sur eux ont passé des feux de forêt; presque toutes leurs branches leur ont été arrachées; si longtemps a soufflé sur eux le même vent, qu'à présent, comme vieilles gens sous l'effet de l'âge, jamais ils ne parviendront à se relever. Pourtant, ce sont des arbres jeunes, et c'est toute leur vie qu'ils auront à vivre courbés.

Ce qui faucha Pierre, cet hiver, en pleine jeunesse, ce fut le terrible mal du scorbut. Quelques baies, quelques feuilles fraîches l'en eussent préservé; un peu de clarté, quelque douceur dans le ciel l'eussent au moins soutenu. Plus résistant, Sigurdsen vit son compagnon maigrir et davantage maigrir encore, alors que depuis longtemps cela eût pourtant paru impossible.

Ils furent de retour à la cabane pour y déposer les fourrures et se ravitailler. Alors, sans ménagements mais sans rudesse, Steve entreprit de décider Pierre à rester au logis pendant que lui-même ferait seul le tour nord du lac, un itinéraire de dix à douze jours.

Pierre s'y refusait. Assez de fois déjà il s'était senti diminué aux yeux des forts par le don étrange qui l'habitait et le tourmentait. Il tenta une fois encore de se mettre en route, fut pris d'une défaillance, chercha de la main un appui, dut se rendre à l'évidence qu'il devenait pour son associé une entrave plus qu'une aide.

— Tu dessineras pendant ce temps, dit Sigurdsen, avec peut-être quelque dérision.

Il partit. Pierre vit s'éloigner l'attelage, disparaître la parka rouge à capuchon fourré. Il s'établit autour de lui un silence tel qu'il pouvait faire douter un homme de sa propre existence. Mais combien plus encore de sa préoccupation, si elle était comme celle de Pierre, à la fois si proche ... et si éloignée des hommes ...

Des jours passèrent qui n'en paraissaient pas être. Il se levait, allumait le feu, s'asseyait à sa place, toujours la même, face à la porte, sa pensée, son regard, tout son être, rivés à cette chose même. Tirant à lui du papier, il tentait de se mettre à dessiner; il n'en sortait que cette porte, close, inanimée : l'image effroyable de sa vie, tout à coup.

La débilitante maladie atteignit l'âme aussi. Il tourna contre soi ce dégoût profond qu'éprouvent les êtres les plus généreux, quand ils ne sentent plus rien en eux — que le désir stérile, lancinant, ou plutôt le désir du désir perdu. Du reste, avait-il seulement encore la force de tenir un crayon ?

Il s'y essayait pourtant, et à capter les frêles souvenirs qui émergeaient de sa faiblesse comme d'au delà des brumes et des siècles. Tout était trop lointain pour exister. Il se traînait à la porte, l'ouvrait, écoutait le vent désespéré, regardait : ce ciel sans vie, cette pénombre glacée, cette forêt morte lui étaient irréels maintenant qu'il était lui-même absent. Enfin, ne le rejoignit plus que le sentiment d'un vaste tort inexpiable; il laissait des jours passer sans rien retenir, lui à qui la vie avait paru si courte au regard de ce qu'il y aurait à en dire.

Alors, avec emportement, il déchirait ce qu'il avait pu faire, et en quoi il ne se reconnaissait plus.

Et puis, un jour qu'il était assis près de la table, les yeux fixes et sans but, il sentit sur sa main inerte se poser tout à coup quelque chose de tiède. La chaleur inattendue monta sur son bras, à travers l'étoffe du vêtement le réchauffa; puis atteignit sa joue, douce comme une main d'enfant s'y attarda. A cette chaleur vivante, sans penser encore à ce qu'elle pouvait être,

il sentait fondre un peu sa souffrance, circuler mieux
son sang, sa chair reprendre vie; il se sentait guérir
sous l'effet d'un peu de tendresse, de quelque chose
enfin d'apitoyé.

Dans sa surprise, il leva tout à coup les yeux vers
la petite fenêtre. Il y vit un rayon lumineux, hésita,
comprit, se leva d'un bond, poussa de l'épaule la porte
bloquée, accourut au dehors — c'était bien le soleil.
Oh, à peine lui-même encore, à peine vivant, à peine
réjoui du réconfort qu'il commençait d'apporter à toutes les choses transies et demi-mortes, mais à Pierre il
parut rayonnant. Ses yeux en reçurent le choc comme
une blessure. Il dut les fermer, retenant, imprimée à sa
rétine, l'image d'un petit disque rouge qui brûlait. Il
se ressaisit, put rouvrir les yeux sur les couleurs re-
trouvées. Ou peut-être plutôt découvertes.

Perdu d'extase, il regardait au loin le mauve délicat
qui pénétrait dans la forêt et l'animait. Sur la neige
au reflet bleu tremblait l'ombre fine des jeunes buissons. Depuis si longtemps il n'avait vu ces jeux exquis auxquels se livrent les choses les plus ordinaires
sous l'effet de quelque lumière. Il voyait dans l'étendue
grise du ciel s'ouvrir comme un petit lac d'eau claire;
des nuages roses en formaient les rivages. Il y avait
dans cette eau du ciel une couleur à laquelle n'eût pu
convenir aucun nom connu, quelque doux mélange
de bleu et de vert déjà difficile à définir en la pensée.

Avait-il donc jamais auparavant vu des couleurs?
Leur enchantement éclatait en sa tête, sans commander
de formes, libres et pures, en elles-mêmes un chant de
la création. Couleurs, enivrement, long cri profond de

l'âme éblouie. Ah! que pouvaient donc en ce monde
si dur signifier les couleurs? Ce mauve tranquille?
Ce jaune encore si incertain? Pierre, du seuil de la
cabane, en ce jour si peu vivant encore, regardait comme il eût regardé toute la terre, tous les songes offerts
à sa contemplation. Il rentra. Des heures durant, avec
du noir et du blanc seulement, il s'acharna à tâcher
de rendre le prodige de la couleur. Déjà le soleil bas
avait disparu. Son dernier reflet s'éteignit. Les fines
couleurs éphémères n'avaient plus d'abri et de vie que
dans ce regard fixe qui en lui-même les poursuivait.

Le lendemain survint Sigurdsen, tout heureux; il ra-
menait de belles peaux; un peu avant d'atteindre la
cabane, il avait aperçu sa petite fumée montant droit
dans l'air; pour ce bonheur d'arriver en un logis chauffé
et vivant, peut-être valait-il la peine d'avoir été seul
au froid de la solitude tout ce temps; et quand donc
Sigurdsen avait-il si bien compris que l'on est bien à
deux dans l'immensité de la forêt? Mais il trouva
Pierre comme plus lointain encore qu'auparavant, au
milieu de centaines de bouts de papiers épars, certains
à ses pieds, sur le plancher.

Steve se pencha, en ramassa quelques-uns. Oh, que
c'était beau! infiniment mieux que des chiens maigres
ou une cabane sous la neige! Rien que de regarder
ces croquis vous donnait envie de chanter. Ah, c'était
cela en effet qu'il fallait mettre sur du papier : le soleil revenu, les arbres reprenant vie, la fin du maudit
hiver!

Alors Pierre découvrit que ce que les hommes at-
tendent de gens de sa sorte, c'est par eux d'être réjouis

et soulevés d'espérance. Il eut plus grand désir que jamais de traduire la lancinante couleur. De l'œil, il indiqua par la fenêtre le lointain des bois où la lumière qui allait disparaître jetait de l'or, des glacis de rouge...

— Ah, oui, bien sûr : avec du blanc et du noir seulement !...

Le gros Steve paraissait tout à coup déçu lui aussi.

Alors, de façon tout inattendue, Pierre se prit soudain à raconter.

— Un jour, quand j'étais enfant, quelqu'un me fit un cadeau — une petite boîte de crayons de couleur. Et c'est ainsi, pour m'amuser, que je commençai à dessiner ce que j'avais sous les yeux.

Appuyé à la porte, il regardait au dehors, et poursuivit comme pour lui-même :

— Mon père tenait un petit poste de fourrures. Je ne sais pas s'il y eut jamais négociant plus habile à connaître et à tenter les désirs enfantins des pauvres Indiens. Un jour, il parut à son comptoir revêtu d'un ancien habit du soir, à moitié mangé aux mites, verdi par le temps, et coiffé d'un vieux haut-de-forme tout aussi délabré. Eh bien ! il connaissait son monde. Son accoutrement fit la plus grande impression sur Œil-de-Renard, fin chasseur, bon piégeur, n'ayant jamais que des peaux de premier choix à montrer, mais faible comme un enfant devant le prestige qu'avait à ses yeux tout costume, tout uniforme des Blancs ! Le vieil habit l'enchanta. Contre cette défroque, mon père, le négociant, obtint sans peine des fourrures de grand prix. Œil-de-Renard partit pour ses chasses, le haut-de-forme enfoncé jusqu'aux oreilles, l'habit noir de mon père lui battant les jambes, et tenu ensemble vaille que vaille par des épingles.

Il se tut un moment, raconta encore que ç'avait été là ses premiers croquis, faits pour se moquer peut-être des hommes, oui sans doute pour se moquer d'eux, puis s'arrêta, comme stupéfait d'en avoir dit si long sur lui-même, lui qui croyait en avoir à jamais fini avec un passé offensant.

Sans doute était-ce les couleurs, les étranges couleurs qui l'y avaient ramené, et jusqu'à l'enfance, jusqu'à ces crayons d'écolier par quoi tout avait commencé.

VII

Steve repartit une fois encore seul et, parvenu sur le bord du grand lac Caribou, tendit le regard. Il pensait tout à coup qu'au delà de l'immense champ glacé, à douze milles de distance, se trouvait, sur la rive opposée, une réserve indienne. Cela voulait dire une mission, par conséquent une école du gouvernement, par suite quelque Blanc là-bas, maître ou maîtresse d'école, et sans doute quelque petite pharmacie de secours. Il avait le désir de sauver, peut-être autant que Pierre, les ensorcelantes images du printemps qu'il avait pensé deviner en son regard. Et c'était là un assez curieux penchant chez Sigurdsen qui jusqu'ici ne s'était guère soucié que de faire bonne chasse l'hiver, pour, il est vrai, en boire, l'été, presque tout le profit.

De l'œil, il évalua la vaste étendue de neige. Par temps calme et qu'il y eût un peu de clarté, ce n'était pas exactement périlleux de la traverser et d'en revenir. Mais que le vent prît, autour d'un être humain en-

gagé en cette plaine nue, sans aucun abri, et c'était la
mort à peu près certaine.

Sigurdsen supputant ses chances examinait le ciel
lourd, en homme des bois avisé connaissait la folie de
ce qu'il avait envie d'entreprendre, balançait, se sen
tait sur le bord de renoncer à son projet, puis se vit tout
à coup et comme malgré lui engagé sur cette longue
surface unie, un petit point noir cheminant à travers
l'infinie blancheur.

C'est lorsqu'il eut atteint le milieu du lac que les
vents l'assaillirent. En un instant, le blizzard fut sur
lui. Ce que Steve avait pu distinguer de vagues repères
fut anéanti. Le trappeur éprouva contre les bons mouvements de son cœur une véritable rage. Mais à quoi,
maintenant, cela pouvait-il l'avancer de tant s'en prendre à lui-même. Avec ses chiens, il se coucha sur le
sol ravagé, se couvrit de neige, enfouit son visage en
ses vêtements. C'était la seule chose à faire. Et il pourrait encore s'en tirer s'il n'usait pas en vain ses forces
et celles de ses chiens et si la tempête ne durait pas
des jours. Il dormit, malgré tout, dans son faible creux
de neige, aux hurlements des rafales.

Quand il s'éveilla, la tempête paraissait avoir diminué. Il put se remettre en route. Enfin, ce même jour
peut-être, ou le lendemain — comment savoir ! — il
discerna devant lui une faible lueur, puis des arbres,
puis quelques formes imprécises de chaumières indiennes; il avait atteint la rive.

Vers cette lueur perçue, il se traîna à bout de forces, se haussa pour voir à l'intérieur de cette pièce illuminée. Ce qu'il vit à travers les houles de neige et de demi-ténèbres lui parut aussi fantastique que certains croquis de Pierre, car il se trouvait à regarder dans une petite salle de classe : à leur pupitre étaient assis une douzaine de petits enfants indiens; élevée de deux marches au-dessus d'eux, la maîtresse parlait et pointait d'un bâton une carte géographique déroulée en toute sa longueur. Un faible son de voix parvenait à Steve Sigurdsen tout ahuri. Au centre de la classe un gros poêle rougeoyant l'attirait. Il trouva le loquet de la porte, apparut. Et alors, dès en entrant, aux mains d'un petit garçon qui dessinait une maisonnette sur du papier, il aperçut des crayons de couleur.

Deux jours s'étaient écoulés depuis que Steve eût dû être de retour. Dix fois au moins en une heure, Pierre allait à la porte, l'ouvrait, s'efforçait, à travers les bondissements de la tempête revenue, de saisir au loin un bruit d'attelage, ou quelque forme approchante.

Ah ! que revienne seulement Sigurdsen, et il ne se plaindra plus de rien; il connaît à présent que la seule privation tout à fait intolérable, c'est celle d'un compagnon.

Le lendemain fut une journée claire, presque douce. Pierre allait un peu mieux. Il fit une pâte à galettes pour mieux incliner cette journée à lui ramener Sigurdsen. Et, de fait, les galettes cuites, il entendit la voix de Steve qui excitait ses chiens. Avant même de

les dételer il entra, d'une bonne humeur bruyante. Il
racontait : son aller à travers le lac, le retour peut-
être plus pénible encore. Mais du moins il rapportait
de quoi les remettre tous deux en bonne santé : de la
vitamine C, des raisins secs, même un peu de pommes
déshydratées. Et ceci encore !

Il élevait un petit paquet, demandant à Pierre d'en
deviner le contenu.

C'étaient des crayons de couleur.

La bougresse de maîtresse d'école avait fait toutes
sortes d'histoires avant de les lui céder, racontait Steve.
« Ses petits Indiens en avaient besoin. Cela ne se donnait pas sans autorisation. C'était propriété de la mission... » — « Tout un tralala ! »

Pierre ne voyait plus bien, un brouillard sur les
yeux; il jouait avec les crayons. Puis il leva le regard
vers le carreau de la fenêtre. La vitre était sale. Sigurdsen eut alors un geste rare. Allant à la fenêtre,
de sa manche il l'essuya. On vit un peu mieux les
tendres couleurs du jour pâle.

Steve vint regarder son compagnon au travail. Penché en avant, il voyait naître un peu de ciel vivant,
reparaître la vie en ces bois, à chaque touche de Pierre
renaître le monde.

L'étrange belle vie ! En quelques jours, Pierre abattit
plus de croquis que naguère en des mois. Ils tombaient
de lui comme les feuilles d'un arbre. Presque sans effort. Après les paysages, des traits humains. Sa santé
pour longtemps encore ébranlée, un point de côté, une

petite toux sèche qui le faisait souffrir : avait-il dès lors
le temps de s'arrêter à ces misères ? Une joie profonde
en lui était à l'œuvre. Du ciel, des rayons de clarté,
des arbres ressuscités, tout ce qui est bon à voir pro-
venait des petits crayons déjà presque aux trois-quarts
usés.

Un jour, il fit Sigurdsen. En chemise à carreaux rouge, ses forts cheveux roux en broussaille sur le front
bas, le voici, qui tient sur un genou levé son accordéon;
il en joue sans doute un air endiablé; sa physionomie
aux clairs yeux pâles brille d'entrain; les épaules pa-
raissent soulevées; les grosses mains sont en mouvement. Sigurdsen ne se détesta point ainsi représenté.

Puis, un soir, Pierre acheva le portrait d'une jeune
fille à la petite bouche serrée, assise auprès d'une grande eau et frileusement enveloppée d'un vaste chandail
rouge.

— Qui ? demanda Steve sans façon

— Nina.

— Nina, reprit-il et, cueillant son accordéon, s'ins-
tallant en son châlit pour jouer, prétendit la faire danser avec les ombres, mais, bientôt, suspendit la plai-
santerie, comme interdit tout à coup devant le naïf
appel du portrait.

VIII

L'eau se libéra un soir d'avril. Dans la tranquillité
du camp volant, sous la tente, Pierre entendit la première goutte se détacher d'une branche longtemps
gelée : sur la glace qui demeurait au pied de l'arbre,
elle tinta avec un clair son de cristal heurté. Après
quelques jours, l'eau se fut rejointe en un ruisseau que
l'on entendit couler. Pierre courut au dehors, tendit
l'oreille, repéra la direction d'où venait le chant fluide.
Ténue à l'extrême, cette voix de l'eau néanmoins em-
plissait la nuit. Pierre découvrait qu'il y avait place
en lui, au delà de l'amour des couleurs, pour l'enivrement des sons, pour le spectacle de la nuit, des étoiles,
pour combien d'autres délectations ! Cette soudaine
joie de vivre élargissait d'ailleurs sa perception d'autres sources de joie encore, qui venaient à leur tour
aiguiser son attention. Il perçut que la joie de l'homme
doit être inépuisable, qu'aucune vie ne serait jamais
assez longue pour dire ce qu'à elle seule elle en peut

contenir. De quoi ne reçoit-elle pas en effet du bonheur ? Une goutte d'eau peut lui être l'océan.

Mais Pierre, qui découvrait ces choses et le mystérieux appel de sa tâche toujours amplifiée, n'en était
pas abattu. Le vent avait dès lors une tiédeur vivante.
Il lui offrit son front. Devenus très longs en forêt, ses
cheveux déjà blanchissants s'agitaient sur les côtés de
son visage. Il rêvait debout, comme un arbre qu'une
lumière étrange dans la forêt isole.

Quand la glace en grands morceaux s'arracha des
bords du lac, tourna sur elle-même et partit vers le
large, Sigurdsen aussi fut transporté. A bon train il
mena les préparatifs du départ. Il dansait parfois sur
place, trois ou quatre pas d'une gigue, pour exprimer
l'énorme élan de vitalité qui lui venait du printemps.

La neige s'en allait vite. Un jour, entre les empile-
ments de glace qui le délimitaient, un lac, à l'intérieur
du lac, se montra libre. Ce bleu grandit, se mit en
mouvement. De la moindre pente, en forêt, de petites
cascades mélodieuses accouraient.

Tout fut prêt pour le départ. Pierre, au moment de
partir, eut un regard pour la cabane qui, la neige fondue, apparaissait vieillie d'un coup, délabrée, et triste
peut-être de se voir quittée avec une si joyeuse pré-
cipitation.

Le canot était chargé de fourrures; au milieu se te-
naient les chiens — trois seulement survivaient; — aux
extrémités prirent place Pierre et Sigurdsen.

Ils emmenaient une marmotte apprivoisée, petite bête devenue douce et confiante et pour qui Steve avait des soins de nurse. Il s'éleva un vent qui courut sur le lac puis, d'un bond, s'échappa dans le ciel. Mélancoliques et depuis si longtemps las, les chiens eurent l'air de retrouver quelque intérêt à la vie, levèrent la tête vers les nuages.

Le canot filait sur le rythme accordé des deux avirons. L'eau claire reflétait tout à bord — et même, appuyée sur ses deux pattes avant, la petite bête amie des deux hommes, et dont les yeux vifs ne perdaient rien du voyage.

Leur contrat d'entente, tel qu'ils l'avaient conclu entre eux, en paroles seulement, était celui-ci : les fourrures vendues, le profit partagé, ils seraient libres l'un vis-à-vis de l'autre et de suivre chacun son chemin. Ceci pour le contrat.

Mais, lorsque, après quelques jours chacun de son côté, Pierre à chercher en vain à Fort-Renonciation des traces de Nina si complètement disparue que son existence même semblait irréelle, Sigurdsen à cuver sa saoulerie annuelle; lorsque, après ces quelques jours, ils se rencontrèrent au centre de la triste bourgade, tous deux se sondèrent du regard, commencèrent à tendre la main l'un vers l'autre, rirent de soulagement en se découvrant la même résolution.

— Partons ensemble, dit Steve.

— Mais oui, fit Pierre.

Leur association n'avait pas vécu. Elle promettait encore.

— La pêche commerciale, c'est une bonne affaire, l'été, hasarda Steve. Et plaisante.

Cela convenait à Pierre.

Leurs provisions de route achetées, ils descendirent vers le sud.

Il semblait à Pierre que le ciel se rapprochait, se montrait d'un bleu plus caressant, annonçait peut-être à sa manière la joie qu'il prenait à contempler quelques petits villages mieux organisés, une vie humaine plus assurée.

Un jour, Steve, comme incidemment, lâcha quelques mots pour dire que sur les bords du Grand Lac des Esclaves il avait de la famille.

— Ah, qui donc ?

— Le père, la mère, avoua Steve.

Et quelques minutes plus tard :

— Des sœurs, des frères.

Puis enfin :

— Des oncles, des tantes.

Il apparut que sa famille entière devait vivre par là.

Pierre riait. Il demanda :

— N'as-tu pas aussi un grand-père par là ?

La pensée de cette famille qu'hier encore rien ne laissait prévoir le réjouissait.

— Et toi ? Où sont les tiens ? questionna Steve, oubliant dans son effervescence sentimentale que sur ce sujet Pierre ne s'était ouvert qu'une fois, et pour paraître aussitôt le regretter.

Le moment d'embarras s'éloigna. L'eau filait à leurs côtés. La bonne humeur revint.

Un soir, assez tard, ils accostèrent à une longue plage de sable presque entièrement nue; parmi les dunes et de chiches buissons, une grande maison de belle allure se dressait; elle était entourée de quelques autres habitations beaucoup plus petites et qui paraissaient en dépendre. Toutes étaient orientées comme pour contempler sans fin ce Grand Lac des Esclaves devant elles pareil à une mer intérieure.

Ce fut dans la vie de Pierre un interlude heureux. Ils passaient cinq jours sur sept au large, lui-même, Steve, un beau-frère de celui-ci, Gus, et le vieux Sigurdsen, dans le bateau de ce dernier, assez grand pour qu'ils y pussent loger ensemble convenablement. Comme en forêt, Steve et Pierre couchaient l'un au-dessus de l'autre sur des banquettes superposées. Mais ici tout était infiniment propre. Pierre avait été amusé de voir combien Steve, dès le retour chez les siens, s'était docilement conformé à leurs stricts règlements de propreté.

Au large, ils jetaient les filets en des endroits profonds. On devait attendre quelques heures pour les retirer. Le bateau sur son ancre se reposait, tirait légèrement. On ne voyait plus la terre, ou qu'une faible ligne à l'horizon. De grands oiseaux venaient à passer. Parfois la houle se creusait. On avait l'impression de la mer. Les deux trappeurs avaient passé d'une vie à l'autre presque sans étonnement. On eût dit qu'ils n'avaient jamais connu que celle-ci : des oiseaux, le poisson, des songes, ce bercement des heures d'attente.

Puis les pêcheurs rentraient pour se laisser un jour ou deux dorloter par les femmes; et encore, pour jouer avec les marmots, raconter de longues histoires de famille, se nettoyer à fond et laisser leur linge à laver.

Ainsi vivait presque au complet cette branche Sigurdsen émigrée au Canada il y avait quelque trente années. L'un tenait à l'avant de sa maisonnette un petit commerce d'alimentation dont les clients n'étaient autres que le reste de la famille. Un autre, plus haut, au delà des dunes, s'était fait agriculteur et approvisionnait le clan de lait et de légumes.

Entre eux, ils ne parlaient que la langue danoise; ils conservaient les vieux usages et jusqu'aux bains de vapeur pris dans une petite hutte détachée. Du premier au dernier, hommes et femmes, ils se ressemblaient avec leurs cheveux pâles, leurs yeux d'un bleu un peu fané, leurs visages ronds, souriants et larges.

Pierre s'amusait à croquer sur le vif ces Sigurdsen si drôlement pareils les uns aux autres. Il accentuait comiquement la ressemblance, les représentant, de l'aïeul au plus jeune marmot, assis en un vaste cercle, et c'était la même personne à différents âges de la vie. Les croquis circulaient de main en main. Se reconnaissant, les Sigurdsen éclataient d'un rire bruyant.

Pierre vécut cet été dans l'apaisement. A peine entendit-il à son oreille ce bruit de soupir, d'inquiétude, que fait le temps qui passe.

Mais un jour, sur le lac, dans un instant de répit, il tenta de reproduire avec ses crayons d'écolier les riches reflets de l'eau. Elle s'étendait dans un calme parfait, avec des miroitements, des irisations d'huile que n'ont pas les rapides rivières, pressées d'arriver à leur destination. Ces somptueuses couleurs, cette matière ambiguë appelaient l'huile. Lui qui n'y avait pas beaucoup pensé auparavant, il se mit à souhaiter avoir des peintures.

Le vieux Sigurdsen vint alors, pipe au bec, s'appuyer à l'avant du bateau, près de Pierre, pour regarder lui aussi l'eau lourde de chaleur. C'était un grand vieux à l'épaisse chevelure d'or roux, large d'épaules, aux mains larges, le plus souvent silencieux, qui accordait expression à bien peu de ses pensées, quoiqu'il fût présent dans tous les entretiens par une attention calme et bienveillante.

Mais il avait réfléchi, avait vu beaucoup de choses, et aujourd'hui parla quelque peu le vieux Sigurdsen.

Voici entre autre ce qu'il raconta:

Autrefois, longtemps avant de venir au Canada, de l'île qu'il habitait alors, à quelques milles du continent, il était allé un jour avec son père visiter la grande et superbe ville de Copenhague. Ils avaient visité des édifices, des palais, vu des choses étonnantes, par exemple : un musée. Là étaient des tableaux grands comme

des murs, d'autres tout petits, et cependant peut-être
encore plus parlants; des portraits d'hommes dans leurs
costumes des siècles passés, tout étincelants de pierre-
ries et de broderies; et des images de la mer, et d'anciennes embarcations. Il n'avait rien oublié de tout
cela. C'était splendide de couleur; sans doute était-ce
fait à l'huile. Oui, maintenant qu'il y songeait, pour si
bien durer, ces peintures devaient être à l'huile. Il
revoyait encore le rouge du velours, et même les reflets d'un certain col de fourrure. Et aussi la dentelle
d'une fine coiffe de femme.

Ainsi parla le vieux Sigurdsen, appuyé à la barre
du bateau, et songeur, parce que les images les plus te-
naces de sa vie ne lui venaient pas de son propre regard, mais de ce qu'on les lui avait racontées, de ce
qu'on les avait dépeintes à ses yeux.

Ils furent de retour aux maisons dans les dunes. Un
soir, Pierre demanda à voir et consulta sous la lampe
kérosène l'un de ces catalogues de vente des grands
magasins d'Edmonton. On y annonçait à moitié de page
du matériel d'artiste. Appliqué à lui-même le mot le
gênait. Artiste, qu'est-ce que cela pouvait vouloir dire?
Il eût rougi de se l'approprier. Par contre l'enchan-
taient comme des noms d'amis qu'il se fût toujours
connus, les noms des couleurs : magenta, cobalt, vermillon, terre de Sienne, indigo.

Sa lettre, et le matériel commandé pour lui parvenir,
avaient à passer par bien des mains en dehors de leur
cheminement par voie de la poste. Le paquet n'arriva
que quelques jours avant le délai fixé pour le retour
vers le lac Caribou.

IX

Les bois, presque déjà dépouillés, mais dorés et bruissants de leurs amas de feuilles mortes, les reçurent une fois encore peu avant les neiges. Aux bouleaux il restait çà et là quelques harpes de feuillage. C'étaient elles qui sous l'effet du vent vibraient, émettaient ces sons pareils à de furtifs ruissellements d'eau. L'eau, toujours Pierre en était obsédé depuis ses efforts de l'été dernier pour la réduire en couleurs et en images.

Steve, encore sans doute sous l'influence du clan Sigurdsen, entreprit avec un balai de branches de nettoyer la cabane. Il alla même jusqu'à laver à l'eau et au savon leur petit carreau de fenêtre. Puis ils renchaussèrent la maisonnette jusqu'à mi-hauteur. Il fallait se défendre au mieux possible contre les rigueurs proches, et c'était agréable, les ayant malgré tout quelque peu oubliées, de s'armer contre elles. Ils prenaient au filet dans le lac leurs provisions de poissons pour les chiens, lesquels avaient été repris à Fort-Renonciation.

Tant qu'il n'y eut pas de fort gel, ils conservèrent vivant le poisson dans un petit parc aménagé à même l'eau.

Alors, la longue nuit glaciale, et presque sans rémission, descendit sur eux. Dès le début, il parut que les prises seraient rares et de médiocre qualité. Sans cesse traqués par les hommes, les animaux à fourrure pour leur échapper montaient de plus en plus haut. Dans cet abîme de froid et d'espace, là seulement était leur salut.

— Eh bien, ils feraient comme eux, maugréait Steve. A la prochaine saison, ils suivraient le gibier et l'animal à fourrure. Ils abandonneraient cette cabane, plus haut dans le Nord s'en construiraient une autre. Mais peut-être en trouveraient-ils quelqu'une de vide et qui, rafistolée un peu, ferait leur affaire. C'était étonnant, disait Steve, combien, même en forêt infiniment reculée, on pouvait trouver de cabanes délaissées et presque sans trace de celui qui y avait séjourné, sauf le poêle. Presque toujours, l'ermite laissait son poêle, peut-être trop las pour s'en charger, peut-être par pitié pour celui qui un jour s'arrêterait à sa place.

Avait-il jamais songé, demanda Steve à Pierre, à ce qu'il était advenu des propriétaires de ces cabanes qu'un peu partout dans les Territoires on trouvait désertes. Etait-ce le froid qui les avait eus, les tempêtes — ou peut-être la folie ?

Chaque hiver, une fois émoussée la fièvre de se retrouver en forêt, Steve devenait pour quelques jours la proie de pensées moroses.

Mais tout autre était la préoccupation de Pierre. A travers ce cruel hiver, la faim et les nécessités lui laissaient-elles quelques instants, il se tourmentait au sujet de l'eau; comment imiter ses mille effets de légèreté, de densité, d'animation ou de calme ?

Il tarda à essayer ses peintures; sans doute craignait-il trop ne pouvoir se relever d'un échec. Enfin, un soir que le blizzard depuis plusieurs jours les tenait enfermés, à ces grincements horribles du vent, à cet accompagnement, il se mit en frais de peindre un songe d'été. Les pinceaux ne se maniaient pas comme les crayons devenus si dociles à ses doigts. La peinture était matière autrement rebelle. En outre, Pierre devait songer à la ménager, désolé infiniment d'en gaspiller; où, ces couleurs épuisées, s'en procurerait-il d'autres avant le prochain été ?

En fin de soirée, Steve vint regarder le travail en cours. Il entra dans une vive surexcitation.

— Mais c'est mon vieux Sigurdsen, c'est son bateau, et voici le bon vieux lac !

Mais Pierre considérait à la lumière d'un impérieux désir intérieur sa gauche esquisse. A presque trente ans d'âge déjà, il en était venu un jour à comprendre que ses efforts devaient tendre à cerner et à exprimer les choses les plus simples : l'eau, le feu, les flammes, le ciel. Et ces choses n'étaient pas simples. Ou peut-être alors la simple vérité était-elle la plus difficile à démontrer.

Steve considérait sans comprendre ce chagrin inutile de Pierre. Se fait-on du chagrin pour pareille vétille ? Certes, il avait vu des gens se haïr eux-mêmes

— et il ne fallait pas être grand savant pour connaître que c'est là la pire souffrance de l'homme. Il en avait su quelque chose au lendemain de ses ribotes à Fort-Renonciation. Mais, s'il se haïssait tant alors, c'était pour de bonnes raisons; c'était à cause d'un mal commis envers soi-même ou envers d'autres. Sans tort envers personne, pourquoi se torturer ? Il grommela que tout cela était enfantillage : l'eau valait la peine en vérité de se mettre pour elle en tel état !

Incompréhensible pour lui, la souffrance de son compagnon lui devenait intolérable à voir.

Puis, une fois encore, ce fut le printemps. Peu chargés — les mauvaises prises de l'hiver assureraient-elles seulement un peu plus que les frais pour repartir de nouveau — ils redescendirent vers le Sud. Mais le soleil, d'être sur la route du retour, le bon vent, renouvelèrent la bonne humeur de Steve. L'an prochain ils iraient plus près du cercle polaire, l'an prochain, disait-il, ils feraient bonne capture.

Pierre, ces jours-là, restait attristé et peu fier de lui-même. L'eau qui tant l'avait réjoui une nuit de printemps, l'eau qu'il ne cessait de sonder, d'épier, l'eau fraîche et limpide et heureuse lui était un reproche.

Enfin, il laissa entendre que pour sa part il avait idée, plutôt que de redescendre sur le Lac des Esclaves, de prendre quelque route nouvelle.

— Ah ! quelle bonne idée dans le fond ! approuva Steve. En effet, qu'est-ce qui les contraignait à retourner au « vieux » lac, dans cette « vieille » direction archiconnue ? Tout le pays leur était ouvert, presque illimité. Par exemple, ils pourraient tout aussi bien aller pêcher cet été dans le Cold Lake... ou ailleurs. *[ms. marginal note: 9 René Richard]*

Pierre se taisait, souffrait. Comment faire comprendre à l'amitié que pour se connaître mieux, mieux mériter d'elle peut-être, se mieux accomplir, il lui fallait partir seul.

— En avait-il donc assez de la pêche ? commença à demander Steve, puis comprit tout à coup.

Alors il affecta avoir, lui aussi, accueilli cette idée qu'ils devaient se séparer. Leur compagnonnage avait bien assez duré en effet. Plus longtemps qu'il n'est d'usage souvent dans les bois. Sans doute était-il temps de le rompre, s'ils ne devaient pas finir par se prendre en grippe.

Néanmoins ils firent ensemble un bout de chemin encore, atteignirent au Portage - des - rats-musqués la vieille cabane qui leur avait servi d'étape, comme à bien d'autres passants sans doute, sorte de petite auberge sans maître où chacun puisait, selon ses besoins, sans abuser, dans les provisions demeurées sur place, en retour laissait quelque chose: tabac, pemmican ou petit bois coupé pour celui qui viendrait après; et si l'on ne pouvait autrement s'acquitter envers cet abri, on le rafistolait un peu; on clouait une planche disjointe; on bouchait d'un peu d'étoupe un jour trop agrandi.

Ici se joignait à la rivière qu'ils avaient suivie un de ses affluents. C'était comme un carrefour de divers

chemins solitaires. Pierre allait prendre le côté du soleil levant.

Dans son canot acheté il y avait quelques semaines
à Fort-Renonciation, il arrima ses provisions de route,
son sac de couchage, quelques autres effets. Pour sa
part, puisque les profits étaient si maigres, Steve les
avait employés à se procurer quelques bouteilles d'alcool. Il était depuis presque toujours chancelant sur
ses jambes, le visage congestionné.

Mais il vint inspecter la charge du canot, et la vieille
vigilance de l'homme des bois perça les fumées de
l'alcool. La charge était trop lourde sûrement. Jamais,
avait-il maintes fois répété, elle ne devait excéder le
poids qu'un homme peut porter sur son dos en passages accidentés. Ainsi cette boîte de peintures! Elle
compromettait l'équilibre de la charge, Steve faillit lui
envoyer un coup de pied, irrité contre cela qui était
sans doute à tous deux leur ennemi.

Penché sur le canot, il profita néanmoins d'un moment d'inattention de Pierre pour substituer à une
vieille arme qui souvent s'enrayait sa propre winchester
à chargeur automatique. Car le plus sûr ami de l'homme dans la solitude, c'est encore un bon fusil.

Il fut convenu entre eux que l'un ou l'autre, s'il re-
passait par ces lieux, y laisserait un mot pour dire
son itinéraire, donner rendez-vous peut-être; à cela servait encore la cabane, en outre sorte de petite poste
restante.

Comme dans une ville, au coin d'une rue, ils se serrèrent la main, tout à coup intimidés par ce geste qui

au cours de presque deux années n'avait eu entre eux
sa raison d'être.

Pierre monta dans son canot. Un peu de brume
flottait sur l'eau. Le son de la pagaie n'y éveilla qu'un
bruit assourdi, enveloppé et lointain, qui ramena le
souvenir de Pierre, il ne sut comment, à la pensée du
vieux Gédéon. De la rive lui parvinrent quelques re-
commandations encore. Sigurdsen disait de prendre
garde par-dessus tout aux rapides; quand il y avait
doute, de portager plutôt que de se risquer à les affronter.

Puis, sur ces rives cessa de retentir la voix humaine.
La brume se disloqua devant Pierre. En une immense
et solitaire région il parut. Et, quoiqu'il fût brisé du
regret de ses liens humains, son âme lui sembla ici se
reposer comme auprès du cœur sauvage de ce monde.

Pendant bien des jours il fit peu de rencontres : un
jeune homme Cris dont il entendit un soir, avant de
l'apercevoir, le chant venir vers lui sur la rivière; une
autre fois, devant une maisonnette sur la berge, une
jeune femme métisse et ses enfants effarouchés, dont
les yeux le supplièrent silencieusement de continuer
son chemin; beaucoup plus tard, un vieux trappeur qui
lui fournit quelques renseignements, sur le terrain en
avant et qu'il se hâta de porter sur sa carte. Elle ne
pouvait être évidemment qu'incomplète et fragmentai-
re, ces régions n'étant, bien sûr, qu'arpentées en gros.
Pour les détails : les petits cours d'eau, les détours et
maints rapides et maints affluents secondaires, c'étaient

des hommes comme lui et des trappeurs qui se les communiquaient les uns aux autres, si par chance ils se rencontraient.

Un soir, à côté d'une rustique cabane, il vit, s'étendant sur la pente de la rive, un petit jardin de légumes. Mais nulle part autour ni à l'intérieur ne découvrit-il l'habitant de ces lieux. Les légumes, dont il avait songé à en demander pour son repas, le tentaient. Il se permit d'en prendre, sachant que l'y autorisait la loi d'hospitalité en usage par ici. En retour, il bêcha un peu plus loin vers la frontière du petit bois touffu; il désherba pendant une moitié de jour le potager presque étouffé de mauvaises plantes. Et, pensant que ce n'était peut-être pas assez pour quelques laitues et un chou, il fit de ces lieux — avec ses nuages — un rapide croquis. Il l'épingla à la porte. Mais où donc était l'habitant ?

Il franchit par l'extrême nord la province de la Saskatchewan. En fin août il jugea avoir atteint le haut Nord du Manitoba. Ses yeux un jour découvrirent un autre grand fleuve dont le nom avait été sur lui plein d'attirance : le Churchill. Il le navigua quelque temps, dut renoncer à poursuivre; de tous les fleuves du monde, aucun sans doute n'aime autant les obstacles, ne se plaît mieux à s'en entourer, n'est aussi rétif que ce sauvage. Pierre alla quelque temps de l'un à l'autre petit affluent, épris de cette contrée et n'en voulant laisser que le moins possible inexploré. Puis un jour il se trouva devant une rivière ensorcelante.

Elle ne figurait sur aucune des cartes qu'il avait pu avoir des Terres et Forêts, ni non plus en ses rencontres récentes en avait-il entendu parler. Elle apparais-

sait : une parfaite inconnue. Elle était belle. Elle cou-
lait, étroite, rapide et sans doute profonde, entre de
hauts remblais de roc mouillé de son écume et sur
lesquels, nourris par cette humidité, croissaient une
abondante mousse, des fleurs et des lichens éclatants.
L'eau, presque noire, reflétait dans son moindre détail
le dessin touffu et compliqué des hautes berges, telles
ces tapisseries anciennes à l'incroyable réseau sur fond
sombre, au reste presque tout couvert par le motif, de
lianes, de fleurs et de brillants petits points d'or.

Il s'y engagea, s'installa pour tâcher de peindre cette
fresque continue.

Quand il eut fait une dizaine d'esquisses, il lui en
resta une dont il ne fut pas mécontent. Du moins pendant quelques jours. Et assez pour, en cours de route,
s'arrêter, ouvrir son coffret à tableaux, en sortir l'esquisse et, en la regardant, sentir quelque chose en lui
enfin s'apaiser, lui faire confiance, presque le chérir.

Mais sans prendre assez garde que le courant l'entraînait vite à présent, il suivit le lendemain encore,
le long de la paroi rocheuse, des eaux si agitées qu'elles
brouillaient, effaçaient les images, et il devait se con-
tenter au passage de noter les teintes et les effets, car
nulle part aurait-il pu trouver place pour mettre pied
sur ces bords. Enfin il songea à rebrousser chemin. La
violence de l'eau s'y opposa. Pierre s'épuisa en longs
efforts pour seulement tenir tête au courant. Enfin il ne
le pouvait plus. Il se sentit emporté.

Soudain, au-devant de lui, grondèrent des rapides.
Un détour apparut. Le lit de la rivière brusquement

s'affaissait. Pierre vit des écueils, des pointes déchiran-
tes, le désastre certain... mais, peut-être, malgré tout,
le salut... Un arbre planté sur le roc laissait tomber
assez bas une branche secourable. Pourrait-il au passage s'y suspendre ? Quoique cela dût se faire en quelques
secondes, Pierre balança entre ce qu'il allait tenter de
sauver. Ses couleurs ?... Sa petite esquisse juste ter-
minée ?... Mais alors joua le réflexe d'homme des
bois. Pierre bondit sur sa winchester. Il la glissa à sa
ceinture. Il eut les mains libres. Du canot emballé il
s'élança, sauta en l'air, saisit la branche retombante.
Il y resta suspendu, vit son canot courir, se fracasser
contre les écueils. Déchiré également, le coffret à peintures laissa échapper son contenu. Alors, cette rivière
étrange, se couvrant de taches de couleurs, offrit le plus
étrange spectacle. Jaillies en tous sens, les toiles aux
couleurs fraîches bondissaient, viraient, se dissociaient,
puis de nouveau venaient se juxtaposer comme pour
composer à la surface de l'eau une suite d'images brisées, sans lien ni signification, quoique belles d'un
éclat extraordinaire. Ce ne fut plus que des carmin, des
verts acides, des jaunes ensoleillés qui tournoyaient...
Cependant, la petite pochade dernière venue paraissait
vouloir retourner à Pierre. Des courants adverses se la
jetèrent de l'un à l'autre. Avec sa surface peinte offerte
au ciel, elle tourna dans les parages, un moment en
vint presque à se réfugier dans les eaux plus tranquilles,
sur le bord. Pierre se penchait, allait tenter de la rattraper... Alors elle glissa vivement, fut à son tour
happée par les remous. Elle s'engouffra dans l'enton-
noir profond de la rivière.

Maintenant il ne restait ici que le fracas des eaux sombres, un insensé et vide tournoiement. Et aussi, très haut, au faîte de l'arbre auquel se tenait Pierre, en ses branches lointaines, un faible, un patient murmure de feuilles.

Quand enfin, au prix d'efforts presque désespérés, se hissant à la force du poignet le long d'une branche dont les craquements menaçaient, puis, un peu plus haut, trouvant sous son pied l'appui du roc, quoique traître et glissant, il parvint au sommet de la berge, c'était la fin du jour.

Devant lui, grise, monotone, s'étendait sans fin une stérile forêt de petites épinettes inanimées. Aussi loin qu'il pouvait voir, il n'aperçut rien d'humain, ni fumée, ni habitation, ni même de piste en cet enchevêtrement comme laineux des petits arbres. Même au Bas-Mackenzie avait-il jamais surpris aspect du monde plus redoutable et triste. Il lui apparut que n'avaient peut-être jamais été que des ennemis, appliqués à le railler, ces appels d'âme qu'il avait tant de fois reçus.

Mais il se redressa. Vers ce côté où il y avait encore quelque clarté, il se mit en marche.

DEUXIÈME PARTIE

X

A l'extrémité septentrionale du Québec est un pays fait comme sous l'empire d'hallucinations: l'Ungava. Bordé à l'ouest par la baie d'Hudson, à l'est par le Labrador, voisinant au nord avec les îles boréales, dans le sud seulement à peu près habitable, c'est une steppe rocailleuse — semée, il est vrai, de petits lacs, mais presque tous figés, sans liens entre eux — l'inhumaine et stérile toundra qui ne produit pour ainsi dire que des lichens et, entre autres, à l'infini, cette monotone toison rase, la mousse de caribou. Par places, tentent malgré tout de s'implanter çà et là, réduits à la taille d'arbrisseaux, des arbres du Sud, comme les hommes acharnés à gagner sur le Nord, à en défier l'absurde dureté. A perte de vue, en été, le ciel regarde cette terre vide, et la terre vide regarde ce ciel si curieusement plein de clarté.

Mais l'Ungava c'est encore, soudain, de hauts plateaux rocailleux qui se haussent en pics étincelants; des

gorges profondes; de fougueuses rivières aux longues
cascades; et, se dressant sur leurs côtés, d'étonnantes
montagnes chauves, de gneiss ou de schiste, qui, par
leur coloration intense, la lumière qu'elles réfléchis-
sent, nulle part au monde n'ont sans doute leurs égales
en splendeur.

Mais qui a pu voir jamais, reculées au plus lointain
du monde, ces montagnes altières !

Quelques Esquimaux sans doute, en route vers les
postes de traite ; quelques caravanes de Montagnais ou
de Naskapis, revenant en flottille de canots de leur territoire de chasse; et, de nos jours, de petits groupes de
géologues et des prospecteurs qu'attire la perspective
de la découverte, maintenant qu'il devient possible
d'exploiter ce pays riche de minerais. Mais bien peu
d'entre ceux-là se sont-ils assez écartés de leur route
pour découvrir, en ces replis montagneux, leurs aspects
les plus extraordinaires.

Longtemps encore resteront sans doute dans leur
silence ces monts rares dont les quelques hommes qui
les ont vus en ont parlé avec émerveillement.

Par ce matin de juillet, sur un de ces fiers éperons,
se tenait, immobile, haut perché comme un aigle, Orok,
un jeune homme Esquimau de la côte, qui, à main
droite, était distante de quatre journées de marche. Il
regardait en bas, à ses pieds, au bas du promontoire
à pic, un homme qui avançait périlleusement en canot
sur une rivière bleue comme un jour d'avril, mais
toute hérissée d'obstacles. Le canot n'était pas du genre

en usage parmi les gens d'ici; long et effilé, il devait
être de fabrication indienne; peut-être de ces tribus de
l'Ouest dont il avait entendu parler : les Cris ou les
Chipeweyens, pensait Orok, qui avait de l'intérêt pour
les choses d'ailleurs et pour les voyages. Il se pencha
davantage au bord de la descente rapide. Autant qu'il
en pouvait juger de cette distance, le voyageur avait
les cheveux blancs, son visage paraissait vieux; cependant ses gestes à l'aviron n'étaient pas d'un vieil homme. Du reste, quel vieil homme eût pu et eût osé s'aven-
turer seul en si périlleux passage ? De plus en plus
intrigué, Orok, du haut promontoire, surveillait le
pagayeur.

Qui pouvait-il être ? Un homme blanc, seul, parmi
ces montagnes ! Deux fois, Orok avait aperçu des
Blancs dans les parages, mais ils étaient en groupe,
organisés à l'étrange manière propre à leur race, avec
des rations quotidiennes de conserves, des guides et des
provisions de remèdes. Du reste, ils étaient descendus
d'un avion qui sans doute était venu les reprendre.
Mais un homme seul !

Justement, le voyageur atteignait un tournant qui
bouillonnait d'écume sur des pointes rocailleuses.
N'allait-il pas s'apercevoir que la rivière des Mille-
Tonnerre n'était plus navigable, pensait Orok, et il
vit l'homme hésiter en effet, puis gagner au-dessus de
l'eau le rebord étroit, y prendre pied, tirer à lui son
canot. A présent, d'un œil averti, le voyageur semblait
chercher un chemin possible de portage. Il n'y en avait
d'autre que ce rebord sur lequel il avait pris appui, et

qui, un peu plus loin, se rétrécissait à ne former plus qu'une étroite passerelle au-dessus d'une déclive abrupte, et dans l'incessant jet d'écume qu'y lançait la rivière.

C'était folie d'entreprendre un portage par un tel chemin sinueux, sans cesse montant et descendant et, de plus, glissant aux pieds. Les Blancs, il est vrai, se dit Orok, entreprennent des choses si étranges. Avertirait-il le voyageur ? Le laisserait-il faire ? D'où il se tenait, il ne pouvait être vu d'en bas. Lui-même n'apercevait plus qu'à moitié l'homme qui semblait occupé à partager ses affaires en ballots plus aisément maniables. Puis Orok le vit passer à ses épaules les bretelles d'un grand « pack », saisir son canot, le renverser sur sa tête et, le tenant à bout de bras, un peu soulevé au-dessus de son front, commencer de gravir la pente du roc. Quand il eut couvert environ trois cents pieds, il posa le canot et son lourd baluchon, garda cependant son fusil passé en bandoulière, et il revint sur ses pas prendre ses effets laissés en arrière; puis, de nouveau, il s'élança en avant. Maintenant ses effets étaient encore une fois réunis. Il se reposait pour l'instant, comme anéanti par l'effort. Puis, il se releva, il repartit avec le canot qu'il déposa cette fois encore environ trois cents pieds plus loin. Sans doute comptait-il ses pas ou bien avait-il un instinct très développé de la distance. Maintenant, il retournait en arrière. C'était sensé. De cette manière il ne s'éloignait jamais trop de ses effets. Orok commença d'admirer. Il avait eu tort de s'en faire sur le sort de ce voyageur. Celui-ci savait portager. Il était de toute évidence rompu à la solitude.

Mais quel étrange fourniment était le sien ! Il semblait, d'après les précautions prises, que le plus précieux de son bagage n'était pas pour cet homme, comme l'on aurait pu s'y attendre, son sac de provisions, mais deux boîtes qui au reste paraissaient bien encombrantes.

A ce moment même, l'une de ces boîtes ayant heurté le roc assez violemment, Orok vit le portageur s'arrêter pour en assujettir la courroie. Mais, à bout de forces sans doute, il s'assit un instant, bien qu'il n'eût pas tout à fait atteint l'endroit où se trouvait le canot. Puis, après quelques minutes de repos, il ouvrit une des boîtes, se mit à en sortir des planchettes qui toutes parurent à Orok barbouillées de vives couleurs.

Alors une idée commença à se faire jour dans l'esprit de l'Esquimau.

Cet homme n'était-il pas celui dont le nom et la renommée étaient venus jusqu'à la côte par des voies multiples, et qu'on appelait : L'Homme-au-crayon-magique. Orok avait commencé d'entendre parler de lui dès l'été précédent alors qu'il s'était rendu jusqu'à la Grande-Baie y trafiquer avec l'acheteur de fourrures à Churchill. Les Esquimaux du poste avaient eu vent de ce personnage dans leurs rencontres avec des Indiens de Berens River chez qui, selon la rumeur, l'Homme-Seul, malade et épuisé, aurait passé tout un hiver. D'autres aussi avaient parlé de lui. Il semblait que des échos de cette vie provenaient d'aussi loin que l'extrême ouest des Territoires, au pied des Montagnes Rocheuses, pays infiniment lointain. La solitude a ses propres moyens de propager les nouvelles; les trap-

peurs changent de territoires de chasse; les tribus
bougent.

Oui, réfléchit Orok, cet homme devait être celui-là
dont on disait qu'il avait parcouru presque tout le
haut Canada, sans autre but que de peindre sur ses
cartons le monde sauvage de Dieu! L'admiration
d'Orok grandissait. Lui aussi, dans une pierre tendre
du pays, la saponite, s'essayait à reproduire en sculpture
la ressemblance de l'homme, ou des formes d'oiseaux
et de bêtes. Lui aussi avait tenté de dire son mot sur
ces choses. C'était une grande tâche. Un moment encore, Orok regarda à ses pieds l'Homme-au-crayon-
magique qui, tel une infatigable fourmi, ses effets au
dos et sur la tête, repartait en avant. Il lui adressa de
la main un salut silencieux, tourna la tête, et, s'éloignant vers le soleil, disparut derrière la montagne.

XI

Parmi ceux qui naguère l'avaient aimé : gens du
Haut et du Bas-Mackenzie, et, plus près, ces Indiens
de Berens River où effectivement il avait trouvé abri,
parmi ces amitiés éparses, qui donc eût reconnu Pierre
en ce solitaire à l'allure singulière ? Souvent à présent
il se parlait à voix haute, pour se plaindre parfois, le
plus souvent pour se lancer à lui-même un défi :
« Allons, avance, » se criait-il à lui-même, comme s'il
eût été sa propre monture, son esclave.

Il arriva à une autre étape, y posa ses boîtes et son
baluchon auprès du canot renversé. Son cœur battait
à coups horribles comme s'il eût voulu sauter hors de
sa poitrine. Pierre se laissa tomber sur le roc. Il se demanda s'il n'allait pas remettre au lendemain ces épui-
santes manœuvres. A la rigueur, l'endroit qu'il avait
gagné pouvait convenir à une nuit de repos. Le rebord du roc s'évasait et s'abaissait en une petite crique
où il y avait même un peu de sable. Il y avait assez

de place pour s'y allonger. Ce serait probablement la
seule halte possible avant la fin du portage. Passé cet
endroit, le rebord du roc grimpait de nouveau pour
côtoyer la falaise abrupte. Mais il restait quelques heures de soleil encore. Ne devrait-il pas en profiter, pensait Pierre, pour finir de contourner ce mur sombre.
Toujours cette hâte mystérieuse. Sans trêve, elle l'ac-
tivait vers le prochain tournant toujours.

Peu à peu s'apaisèrent les mouvements de son cœur.
Un instant, il se laissa aller, comme malgré lui, sur le
tapis de mousse qui formait la base du promontoire. Il
ferma les yeux.

Alors, pour l'abattre davantage, se jetèrent sur lui les
poignants souvenirs des années passées. Tant d'avatars,
d'obstacles, de déboires avaient-ils donc pu être? Une
telle infortune seulement possible?...

Il revit l'affreuse savane du nord du Manitoba, à travers laquelle pendant des jours et des jours il avait
forcé son chemin, sans autre soutien que celui de baies
amères ou de racines, sans même le réconfort de reconnaître en cette désolante forêt la moindre trace du
passage des hommes.

Combien de milles — cent? peut-être même plus —
avait-il parcourus, seul, affamé, brûlant de fièvre, lorsque, un soir, du haut d'une petite colline, la nuit venant
d'un coup brusque, il avait vu — cru voir — à ses
pieds, une multitude de lumières — de gaies et bril-
lantes lumières comme en allume le soir, le long de
ses rues et à ses devantures, une ville importante.

Il avait ri devant cette nouvelle hallucination, cette
malice qui à son esprit égaré représentait maintenant

une ville en fête. Même n'entendait-il pas une rumeur joyeuse, le bruit d'une foule en marche sur des trottoirs, jusqu'au jazz d'une machine à sous!

Mais c'était bien à ses pieds, en pleine forêt touffue, des lumières, de la musique, des cafés ouverts. C'était Flin-Flon, la ville grâce à l'or surgie presque en un jour, quoique sans chemin encore pour y venir à travers les désolations nordiques du Manitoba, sans chemin autre que le ciel — et ce bourdonnement qu'on y entendait sans cesse était celui d'avions qui ravitaillaient Flin-Flon.

Pêcheur, trappeur, chasseur, il avait connu presque toutes les occupations dures et pénibles aux hommes; il ne lui manquait que d'être mineur; il l'était devenu à Flin-Flon, pensant que ce serait court; aussitôt équipé à neuf, il repartirait. Amoureux fou du soleil et de liberté, était-ce alors, enfoui à travailler sous terre, ne se rappelant à peine plus le murmure de l'eau et la voix des forêts, était-ce alors qu'il avait le plus souffert de la condition des hommes? Ou seulement un peu plus loin, un peu plus tard, ce jour où, à regarder trop longtemps l'éblouissante neige d'avril, il avait eu les yeux brûlés?

Seul, aveugle, à bonne distance de tout secours humain, comment avait-il pu survivre? Il est vrai, au milieu des plus mystérieuses épreuves, une non moins mystérieuse aide toujours lui était venue. Des Montagnais, cette fois, l'avaient trouvé, ramené chez eux, soigné.

Il se rappelait un autre printemps encore. Guéri, heureux comme jamais, simplement parce qu'il avait la vue sauve, il s'en allait en son canot neuf, pour la troisième fois équipé de façon à affronter la solitude — et elle lui était incomparablement chère, ce jour-là, il s'en souvenait si bien, une de ces fines journées lumineuses d'avril. Sur les rivières flottent encore d'énormes blocs de glace; les bords n'en sont même pas tout à fait dégagés; mais le courant est libre et vif; des corneilles croassent à plein ciel. Leur vol traverse l'étendue du pays. Ciel et eau sont de même qualité, d'un bleu tranchant et net. Pour étudier et mieux admirer le paysage, il avait mis pied un instant sur la rive — ce qu'il croyait être la rive.

Sous ses pieds, soudain, s'était produit un craquement. La banquise se disloquait. Tout à coup, il se sentait partir sur un bloc de glace, n'avait que le temps de sauter sur la rive. Chargé de tous ses effets, son canot s'éloignait, était loin déjà, entraîné par les glaces flottantes. Puis il virait, aspiré par le courant, prenait le large, et, soudain, à une allure folle, filait vers le débouché du grand lac Winnipeg.

Ainsi, dix fois peut-être, lui avait été ravi le produit de sa vie. Il avait fait des centaines, des milliers sans doute de croquis. Que lui en restait-il? Les rapides lui en avaient pris; d'autres, c'étaient les débâcles de printemps; d'autres encore, des bêtes les lui avaient déchirés; et, parfois, des hommes.

La nuit, il lui arrivait d'être réveillé par le regret encore de telle ou telle petite note de voyage irremplaçable; elles étaient nées d'un instant de grâce; la rencontre des éléments les plus heureux les avait favorisées; lui-même avait été en ces jours exceptionnels où l'homme, qui se surpasse et se dépasse, se sent pourtant, ces jours-là seulement, lui-même.

Allongé sur la mousse de caribou douce à sa fatigue, les yeux levés au ciel, Pierre pensa à cette autre part de son inlassable production que, faute de s'en pouvoir charger, il avait en cours de route abandonnée, laissée çà et là en garde, avec l'espoir de la reprendre peut-être un jour — mais comment refaire cet impossible trajet! Cependant, la perte presque certaine de ces dessins-là le peinait moins vivement que la perte des autres, envolés au vent, ensevelis sous la neige, éparpillés dans les airs. Peut-être, parmi les vieux métis ou dans les tribus qui avaient reçu de lui des dessins en gages ou en cadeaux, se trouvait-il du moins quelques hommes à les avoir conservés, à y attacher un certain prix. Il fut consolé par cette idée qu'à travers le haut des vastes Territoires, à travers presque tout le Nord canadien, on eût pu suivre à la trace, par ces petits bouts de papier tombés de sa main, l'itinéraire de sa vie, ses défaites, son cheminement d'être obstiné.

Sa douleur vive, sa vraie douleur, elle ne lui venait pas cependant d'avoir perdu tout ce qu'il avait fait, mais bien plus de n'avoir rien encore réussi de si parfait que, même l'ayant perdu, il eût été heureux de l'avoir accompli.

Alors, devant l'absurdité de son but, cet homme infiniment las éprouva le poignant désir de n'être plus qu'un homme comme les autres, occupés à servir, à chérir quelques amis seulement, peut-être une femme, des enfants. Cette vision, sur son âme épuisée, eut l'attrait d'un bateau qui passe aux yeux d'un naufragé. Il

se revit, attablé avec Sigurdsen dans la nuit du Mackenzie; dans son souvenir brûla la flamme de leur
bougie piquée au goulot d'une bouteille. Il revit les
raquettes par paire. Il pensa à Nina, jamais tout à fait
oubliée. Comme un chaud vent d'été, plaintif, jouait
avec lui le désir d'être parmi des hommes, un homme
simplement.

Au même moment, lui revint son inépuisable, invin-
cible et toujours ardente confiance envers ce qui allait
poindre, se produire pour lui à l'instant même peut-
être.

Il se leva d'un élan brusque, avant que ne lui en fût
ravie l'impulsion. Il prit son canot, le renversa sur sa
tête, remonta suivre le rebord périlleux du roc. Toute
la paroi était à présent assombrie, le soleil ayant décliné
derrière elle. Mais il devait luire non loin en une échan-
crure profonde. Pierre voyait grandir devant lui une
tache lumineuse. Il fit quelques pas encore, tourna le
flanc sombre du rocher. Devant lui se dressait une haute
montagne isolée que le soleil rouge embrasait et faisait
brûler comme un grand feu clair.

Pierre, d'un coup d'épaule se débarrassa du canot, se
défit de son sac, se laissa lui-même tomber comme à
genoux devant la montagne.

XII

Elle était fière incomparablement, et incomparablement seule. Faite pour plaire à un œil d'artiste en ses plans, ses dimensions, ses couleurs.

Et aussi choisit-elle, pour se montrer, l'heure la plus glorieuse.

A sa base, nourrie par un sol meilleur à cause sans doute des alluvions et de l'eau toute proche, elle portait une ceinture de petits bouleaux fragiles, qui frémissaient en cette fin de jour dans un bruit de ruisseau — leurs feuilles rebroussées par le vent avaient du reste l'éclat furtif d'une eau qui court au soleil. Ensuite, jusqu'à mi-hauteur, elle apparaissait fleurie de lichens flamboyants, comme si sa propre couleur, de roc fauve par endroits, ailleurs rouille, ou encore d'un bleu de nuit étrange, n'eût pas suffi à éblouir. Puis, se dépouillant de toute végétation, elle montait, se resserrant en un bel obélisque géant de teinte plus sombre mais plus rare encore. Presque parmi les nuages, elle se terminait en une pointe de neige et de glace qui étincelait comme un joyau. De sa base à ce joyau la couronnant, elle se mirait toute dans un petit lac à ses pieds, qui semblait l'aimer, sans fin la contempler, se tenant lui-même dans une parfaite immobilité d'eau turquoise, ourlée sur ses bords d'une épaisse mousse de caribou. Plus loin, dans une petite prairie, auprès de si puissante montagne, s'agitaient dans leur naïve beauté d'un jour des pavots de l'Arctique.

Mais quand on aura dit cela et plus encore, aura-t-on rien dit de ce que la montagne était pour Pierre, comment il la voyait, ce qu'elle devenait dans son âme: ce qu'ils étaient l'un pour l'autre.

Ainsi, pensait-il, le cœur soulevé d'émotion, passionnément épris, de tout temps elle avait existé: ce n'était pas en vain qu'il l'avait cherchée; elle était vraiment, et lui, enfin, l'avait trouvée.

Il se tenait debout, à peine plus haut qu'une poussière vis-à-vis l'imposante masse, et pourtant il lui semblait que la montagne se plaisait à être regardée par lui, et qu'elle lui parlait.

Je suis belle extraordinairement, c'est vrai, disait-elle. En fait de montagne, je suis peut-être la mieux réussie de la création. Il se peut qu'aucune ne soit comme moi. Cependant, personne ne m'ayant vue jusqu'ici, est-ce que j'existais vraiment? Tant que l'on n'a pas été contenu en un regard, a-t-on la vie? A-t-on la vie si personne encore ne nous a aimé?

Et par toi, disait-elle encore, par toi, enfin, Pierre, je vais exister.

Pierre, au pied de la montagne, la regardant, avait oublié la faim, la fatigue, les déboires, l'ennui et l'angoisse.

Ainsi donc, se disait-il, ne nous trahissent pas nos grands rêves mystérieux d'amour et de beauté. Ce n'est pas pour se jouer de nous qu'ils nous appellent de si loin et conservent sur nos âmes leur infinie emprise.

Tout son être était comme saturé d'un bonheur profond.

Enfin, il songea à s'occuper de son campement.

Cette étroite vallée perdue, peut-être ignorée de tous, y convenait en tous points. Une mince petite rivière la parcourait avant d'aboutir au lac. Pierre jugea qu'elle devait contenir du poisson. Son eau fine et claire était potable certainement. Il érigea sa toile de tente sur deux perches, au bas de la montagne, fit du feu, mangea distraitement.

Au matin, vite debout, son premier regard fut pour la Solitaire. Mais plutôt la nomma-t-il en son cœur: la Resplendissante. Encore, qu'à cette heure, le soleil derrière elle, elle fût plutôt menaçante. Indubitablement, c'était au soleil déclinant, à l'heure même où elle lui était apparue, qu'il fallait la saisir.

Mais quel mot étrange! Juste cependant, car c'était de cela qu'il s'agissait, cela qu'il voulait entreprendre: une sorte de corps à corps avec cette haute et farouche hauteur. La saisir donc! Il en avait peur maintenant. A sa joie profonde se mêlait de la timidité. L'appréhension de faire affront à la montagne, ou à soi-même.

Il redoutait ce premier geste, ce premier trait, toujours si déconcertant pour qui a vu tout d'un coup l'ensemble et cependant doit bien commencer par quelque puéril début.

Toute cette journée, crayon en main, il se livra à des croquis de préparation, humble devant la montagne, ne prenant d'elle à la fois que son profil de gauche ou de droite, ou encore ce soudain élan du roc sans doute pesant mais qui s'élevait telle une matière fine, d'église. Il priait — ne sachant qui au fond — pour que tout en lui fût digne de l'œuvre.

Le lendemain, il passa aux couleurs. Il se vit de nouveau contraint par l'imposante architecture à n'en choisir qu'une partie à la fois. Il fallait se limiter à l'une des facettes du joyau, en prendre, en laisser, fractionner la superbe montagne. Ce lui était douloureux. Qui n'a rêvé, en un seul tableau, en un seul livre, de mettre enfin tout l'objet, tout le sujet; tout de soi: toute son expérience, tout son amour, et combler ainsi l'espérance infinie, l'infinie attente des hommes!

Pierre avait en outre à se montrer chiche avec son matériel. Selon sa nature, il eût peint à grands traits généreux, usant d'une touche épaisse. Mais, ses couleurs épuisées, où et comment s'en procurer d'autres? Il lui restait peu de jaune surtout — sa matière préférée, qu'il ne pouvait s'empêcher de répandre, comme un appel au soleil, depuis ces temps où, dans les bois du Haut-Mackenzie, il en avait été si longtemps privé.

XIII

Orok, descendu des hauteurs, chassait en bas, entre les replis des montagnes. Guidé par la fumée du campement qu'il avait vue à maintes reprises s'en élever, il aboutit un soir dans le vallon où travaillait l'Homme-au-crayon-magique. Il portait, pendues à sa ceinture, deux belles oies blanches et, sur son dos, le meilleur quartier d'un caribou abattu la veille.

Il s'avança sans façon regarder l'ébauche en train, une autre qui gisait par terre. Puis il éleva les yeux et compara avec la montagne. Il sourit d'approbation. L'une et l'autre étaient des prodiges. La montagne, un prodige de Dieu, et ceci, sur le carton, un prodige d'homme. Du reste, un plus grand prodige peut-être que l'œuvre de Dieu, songea Orok, si l'on considère que Dieu a tous les moyens, et l'homme, peu.

Sans demander d'autorisation, il se pencha, fit du feu, enveloppa un bon morceau du caribou en de la mousse et se mit en frais de le faire braiser doucement.

Une odeur alléchante commença de se répandre. Pierre abandonna son travail, vint causer près du feu avec Orok. D'où il venait? Ce qu'il avait vu? S'il était libre pour courir ainsi à sa guise.

A son tour Orok se prit à poser des questions. La conversation leur était possible, Orok ayant appris l'anglais dans une petite école de la mission Grenfell sur la côte. Le repas fut prêt. Pour sa part, Pierre y apporta du thé et du sucre, au grand contentement d'Orok.

Cependant la lumière baissait. Et Orok voyait Pierre à tout instant tourner le regard vers la montagne. Visiblement il en était obsédé, la scrutait avec ce regard si particulier du peintre, les paupières mi-closes, un pli se creusant entre ses sourcils rapprochés. Puis, de sa main levée, il interceptait devant ses yeux tel ou tel détail dont il ne voulait pas, sans trêve évaluait, pesait. Son visage portait la trace d'un profond et terrible conflit. Il y avait misère aussi chez cet homme, pensa Orok.

Il coucha cette nuit auprès de lui. Quand les étoiles s'allumèrent au-dessus d'eux, et que la montagne ne fut plus qu'une autre masse sombre, ils se parlèrent, de couchette en couchette de mousse.

— Connaissais-tu la montagne? demanda Orok.

— Oui et non, dit Pierre.

Une réponse de Blanc, se dit Orok.

— Je la connais d'assez longtemps, dit-il.

Après un silence, il ajouta:

— Je l'ai vue comme je te souhaite de ne jamais
la voir: une montagne en furie!
Ensuite ils dormirent.

Le lendemain, Orok tourna dans les alentours comme s'il cherchait quelque chose le long de la petite
rivière, parut sur le point de s'éloigner, puis revint
s'ouvrir à Pierre de son désir. L'Homme-au-crayon-magique lui laisserait-il essayer ses pinceaux et quelques
couleurs?

Avec patience, Pierre interrompit son travail, bien
qu'il fût en train. Il étendit sur un bout de planchette
un peu de rouge, de vert, de noir et de bleu. Orok
regardait, plein d'une convoitise d'enfant, voulait d'autres couleurs, en voulait de toutes. Après une toute
petite seconde d'hésitation, Pierre répandit sur la planchette un peu de jaune, en pressant fort le tube qui
était presque vide.

Muni de pinceaux et d'une palette, Orok, riant d'une
oreille à l'autre, s'attaqua lui aussi à peindre la montagne.

Mais cela eut-il seulement l'air d'une montagne?
Orok lui-même jugea que non, et n'en fut pas autrement chagriné. Le pinceau n'était pas sa manière. Ce
n'était pas dans la manière esquimau. Eux, leur manière
c'était le couteau, autrefois de silex, à présent de métal.
Il regarda encore un instant travailler l'Homme-au-
crayon-magique. Maintenant qu'il avait essayé et comprenait à quel point il était difficile de manier tout cela
à la fois: les couleurs, les pinceaux, la masse rétive du

roc, le ciel et le reste, il lui venait une plus grande estime encore à l'égard des ébauches faites par Pierre. A cet homme Dieu devait parler mieux qu'à Orok. Il n'y avait pas à en être envieux. Dieu parlait à qui il voulait. Du reste, ce n'était pas toujours souhaitable d'être celui à qui Dieu parle. Ne s'expliquant pas nécessairement avec clarté, Dieu était néanmoins mécontent de n'être pas compris.

Cette fois Orok allait s'éloigner pour de bon; après un moment d'hésitation, il abandonna auprès du campement les deux oies grasses. Puis, son fusil à l'épaule, il fit quelques pas vers la sortie du vallon, s'arrêta, se tourna vers Pierre.

— Que l'Homme-au-crayon-magique, dit-il, prenne garde à la montagne. Elle n'aimait peut-être pas sortir de son mystère et du silence; elle lui en voudrait peut-être de faire son image, surtout s'il ne la réussissait pas bien.

Pierre souriait, à l'égard d'Orok plein d'une patience sans reproche.

Que l'homme blanc prenne garde au mauvais temps, continua Orok. Déjà ce n'était plus tout à fait l'été. Hier, il avait vu passer dans le ciel de ces nuages grêles qui annoncent le mauvais temps. L'hiver prenait par ici d'une façon brusque et terrible. Que l'Homme-au-crayon-magique n'attende pas que se tourne contre lui la montagne en fureur, dit-il, salua de la main et s'en fut.

Quoique lui eût été plaisante cette présence humaine et agréable le bavardage d'Orok, Pierre ne fut pas ennuyé de se retrouver seul. Sa pensée depuis quelques jours d'elle-même se fortifiant et s'aiguisant, elle lui semblait sur le point de monter, toute brillante, à l'horizon de sa conscience. Et, comme il regardait soucieusement le haut mont solitaire, il sut clairement tout à coup — de même manière que si quelqu'un le lui eût soufflé à l'oreille — il sut comment faire : non pas un seul grand tableau ainsi que son ambition trop avide l'avait d'abord voulu, mais une série de petits tableaux, chacun envisageant un biais particulier, arrachant à la montagne un peu de sa réalité; et cela, réuni, ce serait la Resplendissante.

XIV

Quand il eut fait une dizaine de pochades de la même veine, il les aligna au bas de la montagne, puis se recula à quelque distance pour les voir. Car il avait été entraîné par son débordement intérieur à ne pouvoir à peine plus juger de ce qui en jaillissait.

Il resta un moment silencieux, s'efforçant de voir ce qui était là et non dans la fièvre de l'esprit, s'efforçant de réprimer un enthousiasme prématuré dont il avait appris de quelle tristesse ombrageuse il est parfois suivi. Oui, il s'efforçait de rester un peu indifférent à soi. Mais, bientôt, à cet homme, la vue de son propre travail arracha un cri de bonheur, enfin.

Les rochers, tout autour, comme étonnés, se lancèrent l'un à l'autre ce cri; puis l'écho s'enfonça en de lointains défilés qui le reprirent et encore le reprirent. « Qu'est cela? Qu'y a-t-il? Que se passe-t-il? » eurent l'air de demander les montagnes habituées au silence.

Lui, en bas, jeta les bras en l'air, esquissa sur place quelques pas de danse.

En une série de taches vives et ardentes, les pochades, au bas de la montagne, se passaient de l'une à l'autre, se relayaient en l'amplifiant chacune, la même exaltation de la lumière, le même profond cri silencieux. Mais quoi encore ? Pierre comprenait tout à coup qu'il avait fait plus que peindre par étapes la haute montagne glorieuse. Par le même coup, il avait atteint autre chose encore, de vaste, de spacieux, où il était tel un oiseau à travers l'espace. Alors, il souhaita vivement un autre regard que le sien sur son œuvre. Ah ! que n'avait-il gardé auprès de lui Orok ! A cet instant, il lui dirait : Regarde. Orok s'approcherait, regarderait, et dans les yeux de l'Esquimau il verrait monter la lumière de l'assentiment si chère à l'âme humaine. Mais Orok devait être loin déjà. Voici que l'œuvre de Pierre était un peu comme avait été la montagne avant que ne la comtemplât celui-ci; belle peut-être, mais qui le savait, qui la connaissait ?

Pierre s'assit sur la mousse, pensant à ces choses, et troublé. Il se découvrait au fond désireux d'une bien plus haute appréciation que n'en pouvait donner Orok. Il s'aperçut penser à des hommes, des inconnus, une multitude. Il rêvait d'eux, d'une entente entre eux et lui, — d'une entente avec des inconnus, — lui qui, toute sa vie, jusqu'ici, s'était sans cesse éloigné des hommes.

Eloigné ? Ou rapproché ?

Tout à coup, l'inonda le sentiment d'avoir fait pour eux seulement ce qu'il avait fait. Pour qui d'autre l'eût-il pu faire ?

Il pensait à cette impression qu'il avait maintes fois éprouvée d'avoir en la poitrine un immense oiseau captif — d'être lui-même cet oiseau prisonnier — et, parfois, peignant la lumière ou l'eau courante, ou quelque image de liberté, le captif en lui, pour quelques instants s'évadait, volait un peu de ses ailes. Songeur, à demi étendu sur la mousse, Pierre entrevoyait que tout homme avait sans doute en sa poitrine pareil oiseau retenu et qui le faisait souffrir. Mais, lorsque lui-même se libérait, pensait Pierre, est-ce que du même coup il ne libérait pas aussi d'autres hommes, leur pensée enchaînée, leur esprit souffrant ? Cela lui paraissait possible tout à coup. Il en tremblait à la fois de crainte et d'enivrement. Il leva les yeux. Il imaginait voir passer dans le ciel des âmes joyeuses, à tire-d'ailes s'éloignant, délivrées par ceux qui sur terre ont mission de s'occuper à cela, et le font par leur musique et leur chant.

Il revint à ses pochades. A la lumière nouvelle qui l'illuminait, ce qui était fait ou en train lui parut mesquin, inachevé, ni assez grand ni assez généreux. Il hésita. Partir sur-le-champ, pour cette fois du moins, c'était la sagesse. Mais, par ailleurs, il y aurait quelques belles journées encore. Comment n'en pas profiter ? Les belles journées en cette latitude étaient un ineffable moment. Du reste, le soleil bas allumait justement sur un côté de la montagne une douce lueur bleu-vert qu'il n'avait encore jamais vue luire à cet endroit. Des perspectives nouvelles s'ouvraient à ses yeux. Il attaqua une autre pochade. Que n'avait-il écouté à temps son élan de retour vers les hommes !

La joie est dangereuse, s'exaltant à son propre jeu, sans cesse, comme le feu, demandant à consumer, pour se soutenir. Pierre entreprit autre chose encore. La saison s'avançait pourtant dangereusement vers le moment au delà duquel ne peut guère subsister dans l'Ungava une vie humaine aussi peu protégée que la sienne. De sombres nuages apparurent; ils couvrirent le soleil; la montagne s'obscurcit comme un vaste front chargé d'inquiétude.

Mais, quand elle s'en dégagea à demi, l'effet d'ombre et de lumière sur sa pente fut si saisissant qu'il sembla à Pierre que ce serait crime de ne pas noter cela encore au moins.

Les jours avaient diminué. Un peu de glace se formait la nuit sur les bords de l'eau. Même quand il y avait du soleil, l'air piquait. De temps à autre, Pierre plaçait au chaud, sous sa veste de laine, ses doigts engourdis. Alors, pendant quelques minutes, regardant autour de lui, il s'avisait de son imprudence à rester en ces lieux. Dans son filet, la veille, il n'avait trouvé aucun poisson, pas plus qu'il n'en avait vu sauter à la surface du lac. Par quelque chemin étroit, entre les montagnes, le lac avait peut-être un déversoir par lequel fuyait le poisson vers le refuge d'une eau profonde. Pierre se rappela tout en travaillant avoir vu du coin de l'œil passer du petit gibier qui allait vite,

sans doute pressé en sa migration vers le Sud. Il avait
jusqu'à négligé ces jours-là de tendre des pièges à col-
let. Mais il eut une autre pochade encore à terminer.
Ce serait la dernière; ensuite il s'acheminerait vers la
côte. Mais, celle-ci en marche, il entrevit comment en
reprendre le sujet avec plus de bonheur encore. Sa
tâche était singulière; une chose, à peine faite, en appelait une autre, et celle-là une autre. Les couleurs du
reste variaient sans fin, plus éclatantes que jamais.
C'est que les avivait le froid vif.

Puis, un matin, ne brilla plus, dans le haut de la
montagne, son joyau de glace. Ce jour, accoururent
vers elle d'épais nuages. Ils dérobèrent au regard sa
cime fière, son obélisque gracieux, son élan affiné.
Ainsi tronquée, elle parut lourde, triste et pesante. Un
vent cinglant se mit à siffler sur ses pentes.

Alors Pierre s'aperçut que son garde-manger était
bas : à peine de quoi le nourrir quelques jours encore.
Il se prit à réfléchir enfin à la manière de parer à tant de
négligences fatales. Comme Sigurdsen, s'il l'eût pu
voir attardé en ces lieux, en cette saison, l'en eût mo-
qué ! Il est vrai, pour avoir tant scruté le côté invisible des choses, il avait perdu de vue leur implacable
dureté. « Quel est ce fou qui ose me croire peut-être
indulgente ? » semblait demander la nature, par ses
vents âpres. Pierre était assis, immobile, à envisager
son retour à pied vers la côte. Chasserait-il auparavant ? Ou s'en remettrait-il à ce qu'il pourrait trouver
en route ?

Une ombre tout à coup se dessina sur le sol, à quelque distance. Il leva les yeux, il aperçut dans le fond

de la petite vallée, arrêté là comme pour réfléchir lui aussi, un caribou aux énormes bois, tel un arbre sur sa tête.

La première réaction de Pierre fut étrange, de pensée plutôt que d'action. Tendue trop longtemps sur un but de l'âme, son attention s'accordait mal aux cruelles nécessités. « Comme il a l'air vieux, se dit-il. Vieux et brisé : ce doit être un très vieux mâle que la horde a délaissé ou encore qui, de lui-même, incapable de la suivre dans la longue migration au Sud, s'est laissé distancer. Or, à présent, pour lui, d'une manière ou d'une autre, c'est la mort certaine. »

Le caribou devait être très âgé en effet, malade sans doute. Même après qu'il eut senti passer sur lui le regard de l'homme, il ne bougea pas, comme privé de réflexes. Son étrange regard indécis semblait aussi perdu hors du réel. Lorsque Pierre bondit tout à coup, sa carabine à la main, alors seulement le grand caribou fit-il quelques pas, mais comme à regret, puis s'éloigna derrière le rocher.

XV

Pierre marchait, la winchester au bras. Un peu plus tard, à un détour du rocher, il revit le caribou. Il était arrêté pour se reposer. Pierre épaula, tira. Son bras avait tremblé. La balle ne devait avoir touché le caribou qu'à la cuisse. L'animal repartit, boitillant un peu, disparut à un tournant proche. Il perdait du sang. De place en place Pierre en découvrait en petites taches sur des cailloux ou sur la blancheur de la mousse. Ainsi fut-il guidé un long moment avant de revoir le caribou. De couloir en couloir il avançait, le cœur battant d'une étrange émotion, comme si ce fût un homme qu'il eût ainsi suivi pour l'abattre. Mais, de surcroît, une créature qui ne lui avait fait aucun tort. Puis il aperçut le grand mâle, près d'un tournant du roc, se reposant encore un peu. C'était là son unique ruse; il ne s'attardait, ne prenait de répit que lorsque tout près d'un tournant. Dans sa jeunesse il avait dû être un animal plein de tours habiles et de magnifique astuce pour que, si vieux, il lui restât tout de même cette idée de défense. Pierre tira deux coups. Une balle perdue éclata contre la montagne. L'animal se tenait presque confondu à la falaise. Mais une autre balle avait dû atteindre son but. Pierre entendit le caribou repartir vite, sous l'élan de la souffrance.

Maintenant il n'avait plus de munitions. Le jour baissait. Dans ces replis étroits de la montagne, ce qui en subsistait était infiniment lointain et douteux. Que faire ? Pierre s'étonnait de cette nouvelle imprudence qu'il venait de commettre en s'élançant, sans balles de rechange, ni même de provisions, dans ce défilé de la montagne où il n'avait pas pris la peine au passage d'y relever des repères. Maintenant la nuit était proche.

Mais le caribou blessé pouvait-il aller bien loin encore ? Peut-être était-il en train d'agoniser, tout juste passé ce défilé. Pierre y marcha, entendit dégringoler quelques cailloux sur une faible pente au-devant de lui. Il se hâta en avant, se trouva engagé en un dédale de rocs à l'aspect grotesque, de taille réduite cependant. Dans quel étrange milieu de la création se trouvait-il ? Que pouvait signifier pareil enchevêtrement monstrueux, tourmenté et comme souffrant du roc ? Il semblait fait de bras, à moitié brisés, et qui cherchaient pourtant à se dresser. Etait-ce ici que le caribou pensait trouver à se coucher enfin pour mourir ? Pierre tendit l'oreille, quelque part encore entendit rouler des cailloux, continua et, tout à coup, déboucha hors des montagnes. La lune se levait. Elle éclairait devant Pierre, énorme, sans fin, la steppe rase. A une faible dis-

tance, bien visible dans cette étendue, il y vit, écrasée
au sol, une grande masse noire. On eût pu penser à
une large pierre arrondie, n'eût été l'ombre fine et
ajourée des grands bois aux branches déliées que la
lune projetait sur le sol. Mort ou seulement mourant ?
se demanda Pierre, et avança presque à toucher l'ombre immobile. Tout à coup, la masse faisant corps avec
le sol s'agita, parvint à se mettre debout et, dans la
nuit, sous la lune vive, partit au petit trot, le ramage
de ses bois se découpant à côté d'elle. Alors s'éveilla
chez Pierre comme une haine envers cette bête qui
n'en finissait plus de mourir.

Il était à bout de souffle, mais du moins pouvait-il
à présent suivre le caribou sans risque de le perdre de
vue. Au bout de quelque temps, il tomba d'épuisement, resta immobile, à attendre que se calmât le bruit
de son cœur. Alors, un peu plus loin, croula aussi au
sol la masse noire du caribou, pour profiter de cet
instant de répit. A faible distance l'un de l'autre, éten-
dus sur la mousse, ils pouvaient s'entendre respirer. On
eût dit qu'il était convenu entre eux d'une trêve, d'un
moment de grâce durant lequel ni l'un ni l'autre ne
tenterait un mouvement, ou de fuite ou d'approche.
Pierre se remit debout, repartit en avant. Péniblement,
le caribou aussi se redressa sur ses genoux ployés, chan-
cela, puis une fois encore sous la lune reprit son inlassable fuite. Pierre enfin le rejoignit. Il avait tiré sa
hachette de l'étui pendu à sa ceinture. Il fut à égale
hauteur du caribou. L'homme et la bête coururent ensemble, côte à côte, l'œil dans l'œil. « Ecoute, frère,
dit Pierre, je n'en peux plus... J'ai faim. Laisse-toi mou-

rir. » Mais l'œil du caribou regardait le bras levé de Pierre, la hachette qui étincelait, et, plein d'un triste reproche, cet œil semblait dire: « Je suis vieux, je n'en peux plus; pourquoi t'acharnes-tu contre moi ? »

Ils coururent encore un moment, lentement, il est vrai. Pierre dit : « C'est que j'ai hâte que tu meures. »

Puis il frappa un coup dans la gorge du caribou. Il espérait trancher la veine; il ne fit que l'entamer. Un peu de sang jaillit, l'animal continua néanmoins à courir. Brisé par cet effort où il avait mis toutes ses forces, Pierre roula de nouveau au sol, resta un moment étourdi, puis se releva, courut en avant. Et leurs ombres sous la lune furent encore une fois bizarrement confondues comme celle d'une seule masse épuisée. Pierre comme de rage frappa et frappa de sa hachette. Son bras était-il dès lors sans force ou le tranchant de son arme absolument émoussé ? Le caribou chancelait à chaque coup, restait debout cependant, trottinait encore un peu. Puis la lune éclaira quelques grandes flaques d'eau à la surface du sol. Dans sa soif cruelle, le caribou n'y put résister. Il s'en approcha. Il pencha la tête. Il commença de boire. De pitié, Pierre s'était arrêté, laissant s'abreuver le caribou dont il connaissait, par sa propre soif, la soif intolérable. Puis il se ressaisit, il bondit en avant, frappa le cou penché.

Les yeux du caribou écroulé se tournèrent vers lui, le fixèrent avec une détresse vivante encore, infiniment résignée, puis s'obscurcirent. Alors, transi de froid, Pierre se laissa glisser près du caribou mort qui doucement commença de le réchauffer. Dans l'étendue sans fin de la toundra, ils formaient une petite tache immo-

bile et comme fraternelle. L'aube parut. L'intensité de
sa faim ranima Pierre. Maintenant, après l'avoir ré-
chauffé, le caribou allait lui devenir chair, sang et
pensée.

Mais, quelques heures plus tard, lorsque, l'animal
dépecé, un morceau cuit sur un feu vite fait, Pierre
porta à sa bouche un peu de cette viande à vrai dire
coriace, il eut un haut-le-cœur, s'efforça d'avaler et,
subitement, se mit à pleurer. La souffrance des bêtes
lui apparaissait, infinie, horrible, à jamais inacceptable.
Il voyait des visons ronger leur patte meurtrie par le
piège, des chiens hurler leur faim atroce, le regard du
caribou mourant. Il mangeait et pleurait — pleurait
sur cette création, son inimaginable dureté, sa beauté
froide, sans souci de ce qui n'est pas elle.

Au loin, les montagnes dont il était sorti lui paraissaient toutes petites, tassées en rond sur l'immensité
de la plaine comme un faible groupe de tepees. Il
s'agissait à présent d'y retourner, pour retrouver ses
effets dans leur dédale sans fin. De nouveau l'assaillit
un sentiment d'angoisse. Sur cette terre qui n'en était
pas, morne à l'infini, il se sentait curieusement à découvert, exposé et dénudé. Il lui paraissait qu'allait
descendre sur lui du haut de ce ciel qui voyait tout
quelque autre menace encore imprécise. Il se mit en
marche, traînant une partie du caribou. La chair en
était à peine mangeable, mais à présent il avait appris
la faim et à ne pas dédaigner la moindre source de
nourriture. A voir, de jour, le sol de mousse bosselé
à l'infini de touffes rondes, comme autant de termitiè-

res, il se demanda comment il avait pu y courir si longtemps sans perdre pied. Quelques flocons de neige fine et poudreuse apparurent dans l'air, mais peu, une poignée pour cet empire. Puis, un instant plus tard, sans autre avertissement, un épais nuage gris s'en vint et aussitôt le ciel entier s'emplit de neige. Pierre ne voyait plus qu'à une faible distance. Comment avait-il pu, quelques jours auparavant, se croire heureux de vivre dans la solitude désespérée de la terre ? Et pourquoi, se demandait-il encore, tuer de sa main nue était-il incomparablement plus affreux qu'à bout de carabine ? En quoi cela était-il davantage un assassinat ?

En cours de route il dut déposer sa charge pour souffler un peu, se frictionner les pieds, manger de la viande cuite. Il repartit, atteignit enfin les contreforts de la montagne. Le vent, courant dans ces défilés de roc, se brisant à tous les angles, y émettaient des sons lugubres. La neige tourbillonnait. Il avait pensé grimper sur l'un de ces pics et de là, apercevoir, reconnaître au loin sa montagne chérie. Mais aucune éminence à présent n'avait de sommet; toutes étaient à moitié enfouies dans l'horreur de la brume et des rafales.

Il chemina longuement en ces dédales, parfois revenant sans s'en apercevoir sur ses pas, tournant en rond, en vain cherchant à s'orienter, butant contre des cailloux que lui cachait la neige, et, soudain, il se mit à crier, à appeler, comme si entre ces montagnes quelqu'un eût pu l'entendre, s'avancer à son secours.

Mais où sa montagne en ce chaos de rocs ? Où le beau joyau de sa couronne ? Sa beauté tranquille et patiente ?

Tout à coup il s'aperçut être devant elle, avoir tourné longtemps sur place avant de la reconnaître.

Décapitée par les nuages, sans obélisque, la fière montagne n'était plus qu'une masse terne, presque invisible au centre de l'épais brouillard que dégageait le lac, à ses pieds. C'est à son canot, au vrai, dont il vit la pointe hors de la neige, que Pierre se reconnut de retour au lieu de l'enivrant bonheur.

Il regarda autour de lui. Mais qu'était ceci? et ceci?... Son sac de provisions gisait, déchiré, béant et vide. Le méfait d'un ours sans doute. Cela devait être, car le voleur, friand comme le sont les ours de sucreries, paraissait s'être attaqué d'abord au contenant de ferblanc qui renfermait le sucre justement. Tout était dévoré : le sucre, les raisins secs, même le thé. L'ampleur du dégât se précisait à mesure que Pierre sous la neige en découvrait les traces. Comme pris de rage à trouver si peu à manger, l'ours semblait avoir été saisi du besoin de tout démolir. La toile de tente avait été déchirée. Plus loin, Pierre vit ses peintures éparpillées, les tubes écrasés. Malgré le froid, une sueur descendait de son front. Il sentait la fièvre le gagner. Et tout à coup, au plus fort de son accablement, il entendit le reproche de la montagne.

Depuis des siècles, disait-elle, je suis ici à attendre. Je n'existe vraiment que quelques semaines par année, au plus fort de l'été, lorsque mon front sort enfin des brouillards et de l'infinie solitude. Je n'existe qu'un moment, lorsque je suis belle et calme. Et toi qui m'as vue ainsi, tu n'as pas su fixer l'instant, la splendeur, l'exceptionnelle splendeur qui est ma vérité.

Au centre des rafales, la montagne gronda, puis s'enveloppa plus étroitement de grandes loques de neige, et elle disparut à son regard.

Pierre s'abattit en avant, le visage dans la neige. Il avait une grande envie de céder au sommeil — la mort n'était-elle pas cela justement, un sommeil sans obligations et sans peines. L'idée qu'il pourrait n'être plus cet être torturé sans trêve par l'incessant besoin de faire des tableaux plaisait à son âme fatiguée. Il poserait ses pinceaux une fois pour toutes, ce serait fini. Cet homme qu'on avait appelé Pierre, il n'était plus. Il goûtait cet anéantissement proche. Mais les tableaux que tu n'as pas faits, se disait-il, de loin à lui-même, qui les fera ? Et cette œuvre peut-être parfaitement belle qui est en toi déjà et cependant encore loin dans l'avenir, est-ce que tu vas l'abandonner ? Sa pensée devenait chagrin, regret infini, sollicitude navrée pour ce qui n'était pas né — cependant en lui comme une graine dans la terre. La mort du présent n'est rien; c'est la perte de l'avenir en soi qui est déchirante.

Il parvint à sortir de sa torpeur, à se mettre debout. Il chercha dans les débris du campement bouleversé son sac de couchage, s'y glissa au chaud. Demain, pensait-il, il chercherait parmi ses effets saccagés ce qui pourrait lui être utile, raccommoderait sa toile de tente; demain, il se mettrait en route vers ce lointain village d'Orok, sur la côte. Et la pensée de la montagne à refaire seule le soutenait.

XVI

Dans ce village sur la côte on vivait en quelques
huttes et cabanes autour d'une baraque de planches
qui était le magasin et la demeure du facteur de la
Compagnie de fourrures. Plus loin s'élevait un singulier paysage de main d'homme : de hauts pylônes
d'acier, d'étranges machines en plein vent suspendues,
les unes comme d'immenses tambours, d'autres comme
de géantes soucoupes, tout un attirail de fil de fer, de
chaînes gémissantes, de disques tournants, par quoi les
hommes blancs qui habitaient leurs maisons préfabri-
quées, au pied des pylônes, prétendaient surprendre au
loin, sur la mer ou sous la mer, l'approche de l'envahisseur.

Là commençait le mystère. Car, sur ces côtes, qui
n'en avaient jamais vu venir, quel serait l'envahisseur ?
Décidément, les hommes blancs étaient des gens
curieux.

Ainsi : avoir mis en plein dans le blizzard presque constant tous ces objets disparates — dont la nature même semblait demander d'être à l'abri — et qui sans dérougir vibraient, claquaient, s'entrechoquaient. Etait-ce là bonne façon de se tenir devant cet éventuel ennemi qui pourrait venir des mers océanes emplies de brouillard? Ou du ciel tout aussi noir?

Ainsi pensait parfois Orok que réjouissait en d'autre temps la marche des choses dans le pays esquimau. Car, pour nourrir les machines et les hommes qui s'en occupaient, on envoyait ici assez souvent de petits avions qui arrivaient à grand bruit et se posaient sur la neige.

Cela c'était le beau du mystère, qui rapprochait soudain d'ici les villes lointaines, leurs provisions inépuisables, leurs hôpitaux aussi pour les cas où on serait pris de maladie violente.

De plus il y avait un peu d'argent à gagner de temps à autre en servant les hommes blancs qui servaient la machine.

Enfin, en elles-mêmes les machines étaient passionnantes. Parfois, l'un des Blancs avait permis à Orok d'en examiner le fonctionnement de près et même d'aider en de petits travaux d'assemblage ou de réparation. Orok avait appris que point n'est besoin de connaître l'âme de la machine pour la faire s'arrêter, repartir. Voilà, se disait-il, pour l'un des mystères qui se déroulaient à ses yeux. L'autre, plus troublant peut-être, c'était celui de l'Homme-au-crayon-magique qui, dans la baraque du facteur, soigné par tous, peu à peu reprenait vie.

Bien plus que vers les choses volantes et tortu-
rées par le vent, c'était vers cet homme que s'était tournée la curiosité du village lorsqu'un jour, du lointain
de la toundra, on l'avait vu venir, les pieds gonflés, à
demi mort, portant sur sa poitrine, comme si c'eût été
un enfant, quelques pochades abimées.

Des vieux, l'ancêtre du village, des femmes aussi,
tous allaient voir souvent le spectacle étrange : un
homme pâle comme la neige d'automne, décharné comme les bois d'un caribou et qui, assis sur son lit, le
dos au mur, dans la nuit presque sans rémission, à la
lueur d'une chandelle, peignait le soleil.

Ou encore : des animaux — les animaux familiers
de la toundra, le caribou au bois fin, l'ours replet;
d'autres que l'on ne connaissait pas ici, par exemple
le grand orignal des pays à l'ouest — et tous paraissaient ouvrir l'œil et la bouche en un effort terrible
comme pour parler. Cela, Orok tout seul ne l'eût peut-
être pas découvert. Pierre le lui avait dit. Il avait dit
qu'il entendait donner la parole aux bêtes comme aux
hommes, à tout ce qui connaissait la souffrance de vivre.

Voilà pour les profonds mystères qui régnaient dans
la longue nuit d'hiver de ce petit village au vent de
l'Arctique.

Car l'Homme-au-crayon-magique qui semblait travailler à élucider le mystère de la vie, de plus en plus
aux autres le découvrait.

Il reprenait vie, en effet. Son pied gangrené, quoique
énorme encore, désenflait. Il travaillait. Réduit encore

une fois aux crayons de son enfance, il refaisait les lointains paysages de sa vie.

Les Esquimaux, et surtout les Blancs auraient voulu l'acheminer par avion vers Knob Lake, de là vers Montréal ou Québec, pour se faire bien soigner. Il avait refusé. D'un air têtu. Quand il aurait les bras croulants de tableaux pour eux, alors il retournerait vers les hommes, pas avant. Opiniâtre, sans plainte, jour après jour, il refaisait en petits croquis légers le chemin de sa vie. De petites forêts grêles apparaissaient aux hommes d'ici qui n'en avaient jamais vues et s'extasiaient de surprise. Ainsi était donc le grand Mackenzie, ainsi les savanes du Manitoba ! Toujours il est heureux et bon de voir venir à soi les choses différentes, d'ailleurs !

Pierre dessinait aussi les visages esquimaux pressés autour de lui avec leurs yeux bridés qu'illuminait la hantise de toute créature : ce qu'il y a, peut y avoir, au delà de l'horizon.

Il donnait aussi à Orok quelques leçons de dessin. Sur du papier, avec un crayon, Orok, à son propre émerveillement, parvenait à tracer un arbre qui en était un. Un arbre: quelque chose de prodigieux! Et pourtant, lui disait Pierre, il y a quantité de gens qui, en ayant sans cesse sous les yeux, ne les voient plus. Il disait beaucoup de choses qui plantaient dans l'esprit comme un harpon de chasse.

Et malgré tout, cette vie lui était douce après les campements où l'homme n'a de vivant à regarder, près de lui, que son feu.

Un soir, il entendit sur la neige, non loin, un bruit entre tous familier en son passé, et qui l'y plongea tout entier. Un attelage accourait; on entendit une voix forte exciter les chiens, la réponse vive et emmêlée de ceux-ci quand ils vont atteindre leur lieu de campement. Pierre se crut de retour dans le Mackenzie. Steve revenait de sa tournée. Pierre guettait les bruits, la porte qui allait s'ouvrir. Enfin revenait son compagnon, le frère robuste de son âme peut-être trop frêle. Puis il sortit de sa rêverie.

— Qu'est ceci ?

— C'est le Père missionnaire qui arrive, dit Orok.

Car, autre mystère ! Lui, il avait fréquenté l'école de la mission anglicane. On lui avait dit : Dieu est dans le grand Livre saint. Mais voici qu'un jour passe par ici le Père missionnaire. Il dit : Notre Dieu est vivant; il est dans ce petit morceau de pain.

— Qui croire? Qui a raison? demanda Orok.

— Je ne sais pas. Peut-être aucun. Peut-être tous les deux.

— Peut-être toi, dit Orok.

Peu après, ayant appris qu'il y avait là un malade, entrait vivement le Père missionnaire.

C'était un homme de très haute taille, à épaisse barbe noire, aux gros sourcils touffus, au visage presque tout entier caché, sauf les yeux, d'une douceur surprenante qui, soudain, poignait l'âme.

Autrefois, Pierre avait pensé n'avoir qu'amertume pour ces hommes de religion : méthodistes, anglicans ou catholiques, qui, jusqu'en leur impitoyable climat, allaient troubler, relancer, parfois disputer pour leur Dieu, de naïves populations. A présent, il ne savait plus. A vouloir à tout prix l'expliquer, ces pauvres hommes, il lui avait semblé, ne rendaient que plus ténébreux le mystère de la souffrance. Mais, vraiment, il ne savait plus.

Le Père se nomma : André Le Bonniec, Breton, bien entendu, il venait de Ploërmel, puis s'assit au pied du lit, tendit sa blague à tabac.

— Je ne fume pas, dit Pierre et, au bout d'un moment, par délicatesse, se crut obligé d'expliquer : j'en avais le goût, presque déjà l'habitude. Mais du tabac, c'est un poids de plus, difficile par surcroît à se procurer par les solitudes où je devais aller. Risquerais-je de consentir à m'en écarter aux seules fins d'avoir du tabac ? Déjà, il y a tant de choses qui entament la liberté. J'ai préféré couper court à ce besoin tyrannique.

— La sagesse même, applaudit le Père. Je n'ai moi-même pas eu ce courage.

Il avoua ingénument :

— Ma vieille pipe m'est une telle consolation !

Il l'alluma, tira quelques bouffées, parut tranquille et humblement heureux au milieu de la fumée comme au milieu de bons souvenirs. Puis, distraitement, son regard alla se poser sur une vivante tache de couleur, glissa plus loin, y revint avec un éclat d'attention brusquement sollicitée. Se levant, le vieux missionnaire s'approcha pour regarder au plus près la petite toile au mur. C'était une des pochades, faites à l'été, de la montagne, et que Pierre avait pu retrouver sous la neige; par miracle, elle n'était pas trop abîmée.

Le Père, au fond de cette petite chambre sombre, la contemplait de tous ses yeux. Il soupira. Une intense émotion empoignait ce vieil homme de Dieu. Il était presque un vieillard à soixante ans bientôt, mais en paraissant soixante-dix. C'est que sur ces soixante ans de vie il en avait donné trente aux missions du Grand Nord. Trente années de trotte sans fin, en traînes à chiens ou à raquettes; parfois, il est vrai, en ces derniers temps, par avion; — mais les petits postes isolés n'en demeuraient pas moins lointains où il allait dire et redire à des hommes vêtus de peaux, vivant en des huttes ou des maisons de neige, leur dire et redire que Dieu est vie, lumière et charité; — trente années de pareille vie inhumaine s'étaient écoulées sans qu'il eût jamais un mot de plainte sur lui-même ou sur l'effroyable misère que partout il avait connue. Mais voici qu'à la vue d'un petit tableau de l'été, son cœur crevait de douceur; il prenait conscience de son désir éperdu de chaleur, de tendresse; des larmes lui venaient aux yeux.

— Des protestataires, murmura-t-il, comment se fait-il que tout ce qui se fait de plus beau dans ce monde soit un acte de protestation. Créer, se dit-il, comme s'il ne le découvrait qu'à l'instant, n'est-ce pas de toute son âme protester ? A moins... à moins, ajouta-t-il, songeur, que ce ne soit une secrète collaboration...

Il ne pouvait s'arracher à la vue de la pochade. C'était pourtant une très simple petite chose : au centre, un pan d'une montagne de pierre, d'un vert émeraude brillant, fascinant et étrange. Ce vert venait rejoindre la blanche mousse de caribou au bord d'un lac aux eaux limpides retenant toutefois son éclat, parce qu'un peu dans l'ombre. Ce qui mettait tout en valeur était cependant comme invisible — ou du moins à peine saisissable. Au delà du rocher vert s'ouvrait en effet une perspective, une trouée infime sur un lointain profond, encore que le petit tableau fût deux fois grand comme la main. On regardait cette mince ouverture, un défilé de l'épaisseur d'un fil, sur un lointain invisible, lumineux, et on retenait son haleine, on était envahi d'une attente paisible; on pouvait penser: oui, ce monde est bon et tendre; ce monde est rayonnant.

Le Père finit par se ressaisir. Il vint se rasseoir au pied du lit, se prit à regarder avec avidité les autres pochades, une dizaine que Pierre lui raconta avoir pu recouvrer sous la neige dans son campement dévasté par un ours. Comme, en cours de route, il ne pouvait se munir de toile, il se servait pour y peindre ses tableaux de planchettes de bois de bouleau taillées par lui-même à une extrême finesse; par économie il avait presque toujours au reste utilisé les deux faces des planchettes.

Quand il vit cela, l'une et l'autre face de ces petites planches couvertes de vivants paysages, le Père fut repris d'émotion.

— Excusez-moi, dit-il, je suis un vieux sentimental, un vieux pleurnicheur. C'est qu'il y a longtemps que je n'ai vu choses pareilles. La beauté, que voulez-vous, me surprend. Toujours, du reste, elle est infiniment surprenante. Qu'est-ce au juste: on dit le beau, la beauté, mais qu'est-ce? A quoi cela sert-il? On ne le sait pas, dans le fond, vous non plus n'est-ce pas? Et

voici que vous y êtes arrivé par des moyens d'une so-
briété tragique.

A présent il regardait un à un les fins croquis enle-
vés en quelques minutes, et qui couvraient Pierre,
comme des feuilles, la terre, au pied d'un arbre.

— Oui, j'ai vu cela, disait-il, l'œil sur un groupe de
chiens écrasés de lassitude au soir d'une longue journée, et près d'eux brille le feu de camp; les hommes
préparent à manger. Et cela aussi, s'enthousiasma-t-il à
la vue d'une cabane au sein d'une forêt infinie de petits arbres qui du premier au dernier se penchent de
détresse. Et cela encore : les premiers petits nuages de
printemps, roses, duveteux, comme de jeunes oiseaux
qui nagent en liberté au-dessus de la pesante vie des
hommes. J'ai vu tout cela, allait-il s'écrier, et se tut,
saisi d'un immense respect. Car les avait-il véritablement vus avant que ne vienne les lui montrer cet
homme de lumière ?

Du regard il saisissait aussi l'extrême dénuement
dans lequel naissaient ces croquis: la bougie fumante,
le vilain papier d'emballage, la chambre exiguë, la
solitude, et son âme se gonflait d'indignation. Etait-ce
là manière de traiter cet enfant entre tous chéri des
hommes, celui qui ouvre leurs yeux, celui qui ouvre
aussi entre eux de grandes portes soudaines de com-
munications. Mais rien n'eût dû être trop beau, trop
riche pour ces créatures. Cependant une idée prenait
corps dans sa grosse tête à inventions. Il s'était levé,
dans sa surexcitation incapable de demeurer en place,
arpentait la petite chambre. Ces grands coureurs de
distance ne savent pas au reste dominer longtemps leur

éternel besoin de marcher. Et voici ce qu'il disait tout
en allant et venant :

— Ecoutez, mon enfant, j'ai à Montréal quelques
amis. Même des influences. Eh oui, c'est étrange, mais
c'est ainsi. Loin de tous, j'ai des amis. Me confieriez-
vous vos pochades, quelques-uns de vos croquis ? Je
verrais à les envoyer à ces amis. Nous verrions ce
qu'ils en pensent. On aurait leur avis. Pas qu'il nous
soit indispensable, mais enfin ce pourrait être utile.
Leur avis, du reste, je pense, serait le mien. Je les pres-
serais alors d'organiser à Montréal une petite exposition... Mais, laissez-moi dire, fit-il, ayant saisi un geste
de protestation. Car, après tout, pourquoi pensez-vous
vous épuiser à peindre ? Pour vous ? Pour moi ? Mais
non, voyons, vous travaillez pour des inconnus, la grande meute. C'est ainsi, proprement singulier, mais vrai :
les plus grands parmi nous travaillent pour des inconnus qui, bien souvent, au reste, n'y comprendront
rien.

Les yeux brillants, il allait, tout exalté, revenait sur
ses pas.

— Quelle attirance mystérieuse, extraordinaire que
celle des inconnus sur une âme d'artiste ! Il me semble
la comprendre; oui, je la devine; ce doit être une des
plus fortes attirances qui soient... après celle de Dieu
sur nos pauvres âmes...

Il avait perdu le fil de sa pensée, s'en montra un peu
vexé, puis, le retrouvant, ses yeux eurent leur plein
éclat de tendresse.

— Donc, on expose vos pochades là-bas, sous de
bonnes lumières. Je vois ce que cela donne. Nos toiles

commencent à se vendre, une, deux, puis dix, vingt...
Oui, elles se vendent, vous dis-je; ils ont dû oublier,
là-bas, dans leurs villes fadasses et enfermées, les
grands cris du cœur. Et il faut bien vendre, dit-il doucement, à la vue du visage bouleversé de Pierre, il le
faut, pour poursuivre votre élan, atteindre des sommets
que ni vous ni moi ne pouvons prévoir, et surtout communiquer avec votre prochain, mon enfant... ne l'ai-
mez-vous donc pas ?

Puis emporté d'inspiration, il s'écria :

— Ne le voyez-vous pas, enfant opiniâtre : il y a
le cœur de celui qui donne, et le cœur de celui qui re-
çoit; il arrive parfois que l'un et l'autre soient de même contenant; ce qui vient de l'un emplit l'autre de
joie; et c'est alors seulement peut-être que jaillit cette
chose qu'on nomme : la beauté. Je ne sais pas, mais,
pensez-y : il se peut que je dise vrai.

Pierre branlait la tête, prenait un air renfrogné, disait que tout cela n'était pas pour lui, pas encore du
moins; il n'était pas prêt, de longtemps encore ne serait prêt, lui semblait-il, pour cette épreuve de la
confrontation qui l'épouvantait.

Et pourtant, déjà, une part de ces choses commença
à s'accomplir.

En moins de temps qu'on ne l'eût cru possible, le
Père Le Bonniec avait fait venir de Montréal tout un
assortiment de peintures. Joyeux, il s'en vint les porter
à Pierre.

— Qu'est-ce que cette fierté mal placée? explosa-t-il,
en réponse aux protestations. Cela ne lui avait coûté
que presque rien. Pas beaucoup plus que les frais de

messagerie. Les amis étaient bons; ils étaient là pour aider, au reste. Et puis, si Pierre tenait tellement à ne pas se mettre en dette envers un bon copain comme pensait l'être le Père, eh bien, qu'il lui cède en retour n'importe lequel des petits croquis. A ce compte, dit-il, il s'estimerait le gagnant.

Mais Pierre, à la vue des couleurs, déjà en oubliait le reste. Le choix en était plus complet que ce qu'il avait jamais possédé.

— Vois ça, mon fils, disait le Père, du beau vermillon, mets-en beaucoup, c'est la couleur ardente. Peins comme tu es, vif, emporté, saccadé. Je n'ai pas de patience pour ces petits peinturlureux d'aujourd'hui qui travaillent dans une matière terne. De la grisaille moderne, appellent-ils ça. Ils éteignent, me semble-t-il, ce que l'on doit faire briller. Evidemment, je suis vieux, démodé, je ne comprends peut-être pas. N'empêche que les grands peintres ont répandu gaiement la couleur. Par exemple, ce vieux chenapan de Breughel. Je me rappelle sa *Noce de Village.* Ça fourmille de tous côtés. Et Delacroix ! Van Gogh à présent ! Est-ce que ces gens avaient peur d'éclater? Eclate, mon cher fils, et tu verras, plus tard, quand tu iras à Paris, à Amsterdam, ou à Londres, voir les œuvres des maîtres, combien est sauvage, souvent, le génie.

Au retour d'une autre trotte vers Frobisher Bay, il apporta la nouvelle que les amis de Montréal, alertés, préparaient une petite exposition et qu'ils en faisaient

parler à l'avance dans les journaux. C'était leur manière de préparer la voie. Il paraît que la publicité
était nécessaire. C'était ce qu'on appelait : faire du bat-
tage. Bah ! Comme si l'art de lui-même ne savait pas
mieux que tout le reste parler !

Pierre eut voulu protester encore, mais les couleurs
étaient là, comment leur résister ! Au fond ce fut pour
lui un hiver merveilleux, en dépit de son ombrageuse
fierté lui interdisant de prendre plus qu'il ne pouvait
rendre. Il n'avait plus à laisser en plan les idées qui
pouvaient lui venir pour courir tendre des pièges, ou
tuer de pauvres bêtes. Au cours de l'hiver, il eut aussi
une joie tout humaine, une simple et ravissante joie
d'homme. En place assez longtemps pour la première
fois de sa vie, il avait demandé à la poste de Flin-Flon
de faire suivre son courrier. Il lui arriva par avion un
petit paquet de lettres qui avaient eu le temps de jau-
nir, tassées au fond des casiers de la poste restante. Il
s'en trouvait dans le paquet deux sur lesquelles il reconnut la grosse écriture malhabile de Sigurdsen. Il
choisit d'abord celle dont le timbre apposé à Flin-
Flon datait de presque trois ans passés. Il regardait
l'enveloppe, songeur, ne pouvant se résoudre à l'ouvrir,
tâchant plutôt de deviner ce qu'elle pouvait contenir,
se demandant : Y a-t-il là une tristesse à venir ? Ou de
bonnes nouvelles ? Qu'est devenu Sigurdsen ? Enfin,
il ouvrit la lettre, tomba sur une ligne au hasard :
« J'ai retrouvé la maigriotte du portrait, Nina. Elle se
trouvait parvenue presque au Klondike; jamais pensé
qu'une si petite créature pourrait se rendre si loin. Elle
travaillait à la mission, chez les Sœurs. »

Et un peu plus loin ses yeux accrochèrent au passage cette interrogation : « Si tu ne t'y opposes pas, est-ce que je peux me mettre sur les rangs pour la Nina? » Il savait dès lors ce qu'il allait trouver dans la deuxième lettre datée d'un an plus tard. Il lut : « Pas de nouvelles, que deviens-tu? Es-tu toujours de ce monde? Moi, j'ai de fameuses nouvelles. L'automne dernier j'ai épousé Nina, « mon petit vison ». On attend même un petit Sigurdsen. Marié, il ne pouvait plus être question de courir les bois, d'un côté et de l'autre. Imagine-toi que nous sommes réunis à la tribu Sigurdsen. Je fais la pêche, un peu de commerce. Mon petit vison s'apprivoise. »

Pierre releva la tête, laissa ses yeux s'emplir du passé. Bien sûr, il avait su de bonne heure qu'un foyer n'était pas pour lui, ni même peut-être un amour vraiment particulier... N'empêche qu'à cette minute il perçut que s'éteignait pour lui quelque faible et cependant tenace petite flamme qu'il lui semblait avoir vue briller quelquefois en son intérieure vie — de même, marchant, la nuit, en forêt, on croit apercevoir au loin, entre les arbres, la lueur d'une bougie derrière une fenêtre, mais, tout à coup, elle a disparu, les arbres la cachent, ou quelqu'un l'a soufflée... ou alors ce n'était qu'une illusion...

Quand revint le printemps, Pierre, à peu près guéri, avec Orok pour l'aider à la chasse et à portager, s'en fut à petites journées revoir sa Montagne. Tout l'hiver il n'avait cessé de méditer sur elle. Là, sur place, il fit d'elle une trentaine de pochades dont il pensait se servir plus tard pour des tableaux d'envergure. Le Père fut enthousiaste. Mais Pierre, avec cette trentaine seulement de pochades, se sentait un indigent. Cet affrontement au-devant de lui, si mystérieux, de l'œuvre et de la critique, ne cessait de le terrifier.

Il prit place un matin dans un petit bi-moteur de la Marine. L'avion décolla. En bas, s'agitèrent, réduites déjà à la taille d'insectes, de petites formes humaines aux gestes pathétiques, en pareille étendue solitaire. Ah, cher Orok, chère vie primitive, y aura-t-il jamais rien au monde d'aussi tendrement fraternel !

L'avion filait vers le sud.

Sans effort, sans peine et sans misère, Pierre survolait une immensité pareille à tant d'immensités qu'il avait parcourues à pied, était-ce seulement possible ! Du haut du ciel, bercé comme un oiseau dans l'azur, il se regardait aller, tel il eût pu paraître, autrefois, du haut de ce même ciel : une fourmi humaine avançant, tout son avoir sur soi. A quoi servait donc sur terre la présence de pareille fourmi ?

Toundra de l'Ungava, savane du Nord manitobain, forêt interminable des Bas et Haut-Mackenzie, tout cela qu'il avait mis des années à franchir au prix d'efforts les plus épuisants, tout à coup à ses yeux se rétrécissait, se condensait, n'était plus que quelques images seulement, quelques images fugitives et le reste — labeur, peine infinie — était emporté. Mais il est vrai — il l'avait un peu trop oublié ces derniers temps — la vie est essentiellement brève. Que lui en reste-t-il encore au fond ? Et cependant sa tâche est-elle plus qu'à peine entamée ?

L'effroi fondit sur son être, comme si, au fond, devant son œuvre à faire, il n'eût jamais été qu'un enfant craintif, d'âme trop fragile.

Cette taïga canadienne, cette Sibérie sans fin de notre pays, qu'était-ce en vérité, auprès de cette autre solitude vers laquelle il allait, la si mystérieuse solitude des rues emplies de monde, de pas et de lumières!

TROISIÈME PARTIE

XVII

En plein Atlantique il faisait maintenant route vers le vieux monde. A ses yeux, l'océan; au-devant de lui, au terme de ce singulier chemin sans trace du navire, les lumineuses villes de la terre.

Autrefois, dans la solitude des seuls petits arbres, quand il peinait à en rendre le sens et le climat, souvent, déjà, il avait souhaité pour son œuvre le conseil d'un maître. En peinture comme en forêt, se disait-il, il doit s'en trouver pour vous éviter de stériles marches. Mais rencontrerait-il jamais ces guides ?

Cependant, à Montréal, il avait vendu quelques toiles, pour la première fois de sa vie connu la presque douloureuse exaltation de recevoir de l'argent pour des choses dont ç'avait été sa joie de les faire — des choses qu'il n'aurait même pas pu s'empêcher d'accomplir. En même temps, il est vrai, à voir accolés aux images de la Montagne des prix de vente, il avait éprouvé quelque honte, le sentiment d'un intense malentendu entre lui et les autres. Ses toiles, n'eût-il pas mille fois mieux préféré les offrir à qui paraissait les comprendre, les aimer, disant : Elles vous plaisent, mais prenez, prenez donc.

Ensuite, par leurs démarches, des gens sensibles à sa peinture, amis de l'art, lui avaient obtenu une petite bourse du gouvernement. Du coup, c'en était presque trop. Saura-t-il se rendre digne jamais de cette confiance ? Envers tout un pays ? Redevable, en fin de compte, à lui seul, peut-il, doit-il, subir le moindre don ? Oh, l'étrange tâche en vérité, où c'est pour les autres qu'on œuvre, mais, s'il le faut, en dépit de tous.

Cependant des noms, pour lui hier encore inconnus, l'attiraient. Comme naguère par des montagnes et des fleuves, aujourd'hui par des noms : Titien, le Greco, Renoir, Gauguin, il se sentait appelé. « Tu iras voir *La Vierge aux Rochers,* lui avait écrit le Père Le Bonniec, et tu sentiras ton âme grandir comme tu ne le pourrais toi-même, seul, la concevoir. Nous connaîtrions-nous seulement un peu nous-mêmes, sans les arts ? ».

En un élan d'amitié brûlante envers ces noms, il était allé un jour prendre son billet. Son « pack » avait été préparé à peu près comme pour les portages. Dans un grand coffre de bois s'empilaient la winchester — qu'il faudra rendre pourtant à Sigurdsen — un couteau de chasse, un petit poêle à pétrole, bref l'équipement habituel, mais, de plus, cette fois, comme il s'en va vers une ville que l'on dit élégante, quelques chemises, une cravate...

Lui-même coltinant sa caisse, un baluchon au bras, au dos sa veste du Nord, il s'était embarqué.

A présent l'entourait le mystère de la mer. L'entier mystère qui pourtant lui restituait son intégrité.

Au troisième jour, il était toujours à l'endroit où, dès l'embarquement, il s'était accoudé à la passerelle, un homme grand et sec, que l'on avait vu le premier jour coiffé d'un chapeau de ville, ensuite cheveux au vent, un homme parfaitement immobile, qui, ne s'en pouvant apparemment lasser, regardait la mer.

Qu'était-ce donc au fond que cette eau ! Avec chaque vague de surface semblait venir du ventre profond de la mer un vaste soupir. Pierre entendait une voix hier inconnue, aujourd'hui déjà confondue à ses pensées, comme si au fond toute sa vie il l'eût attendue. Cependant il n'aurait pu encore avoir idée de capter par des images la mer. Sans doute entre l'homme et certains aspects de l'univers y a-t-il des secrets dont rien jamais ne transpire. Les vagues venaient, se brisaient au flanc du navire, se reformaient et, avec chacune, la mer chantait le connu et l'inconnu de la vie.

Au quatrième jour, il erra par le navire, sans demander son chemin à personne chercha la bibliothèque. La vue des livres en silence chaudement assemblés sur leurs rayons fit battre son cœur. Cela avait été son grand manque dans la forêt. Mais, pour être parti quelquefois chargé de lecture, il avait appris à ses risques et dépens de quel poids lourd dans les portages peuvent peser quelques volumes seulement.

Il en choisit un relié dont le titre en lettres dorées sur toile rouge plut à son goût des couleurs, mais aussi le sens l'attira-t-il: *The Complete Works of William Shakespeare*. Il aima ce mot : *works* qui dit tâche, labeur, et aussi rassemblement de ce qui a été accompli. Du reste, ce nom ne lui était pas étranger. Il avait entendu parler de Shakespeare, autrefois, du temps où il avait hiverné une fois, en Saskatchewan, avec un curieux vieux trappeur, ex-instituteur, de qui il avait beaucoup appris, et que ce Shakespeare connaissait tout du cœur humain.

Le livre entre les mains, il envia un instant ce bonheur plein, extrême, que ne peut connaître ni donner un artiste-peintre; voir tout de soi, son œuvre complète offerte en un petit volume que l'ami peut commodément glisser dans sa poche pour l'emporter avec lui partout.

Il ouvrit le livre au hasard. Il lut — ou plutôt entendit-il une voix fraternelle :

« *Whether 'tis nobler in the mind to suffer*
The slings and arrows of outrageous fortune,
Or to take arms against a sea of troubles... »

Par ces paroles, déjà, il entrevoyait un monde de communion possible entre lui-même et ce William Shakespeare dont, retournant à la page frontispice, il apprit qu'il avait vécu en Angleterre de 1564 à 1616.

« *Whether 'tis nobler in the mind...* »

C'était comme il l'avait quelquefois pressenti : le monde de l'art — mais il aurait fallu un autre mot — était vaste, embrassait presque tout de l'homme : son

ennui, sa pensée, ses rêves, sa souffrance, des joies dou-
loureuses, des sommets, des abîmes...

Il écoutait cette voix, hier inconnue comme celle
de l'océan, maintenant elle aussi familière. Il pensa
ingénument: cet homme-là, ce Shakespeare, est fait
pour être lu au milieu de l'Atlantique.

La pièce s'intitulait Hamlet, Prince de Danemark.
Il en commença la lecture, buta sur des passages difficiles, des mots obscurs, mais ça et là cueillit des étin-
celles.

Il arriva à ces mots :

« *If thou didst ever hold me in thy heart,*
Absent thee from felicity awhile,
And in this harsh world draw thy breath in pain,
To tell my story. »

Il releva la tête, se répéta à lui-même : « *To tell
my story...* » Oui, c'était le désir profond de chaque
vie, l'appel de toute âme: que quelqu'un se souciât
d'elle assez pour s'en ressouvenir quelquefois, et, aux
autres, dire un peu ce qu'elle avait été, combien elle
avait lutté. Tant d'agitation, de secrets et de tergiver-
sations, pour en finir sur cette douce plainte : *to tell
my story !*

Pierre sentit que son cœur maintenant et pour toujours avait lié amitié avec ce prince bizarre, et pourtant comme tous. Le courage, une certaine indécision,
noble, de l'âme, il comprenait que cela pût aller ensemble; il ne voyait même pas comment ils pussent
être séparés tout à fait. Il ferma le livre, s'en fut sur
le pont qu'il eut à lui seul. Dans les salons, les gens
faisaient des bridge, ou se livraient à d'autres jeux.

Lui, tel un arbre malmené du vent, se tenait en avant penché, tel un arbre qui s'écoute lui-même chanter.

To tell my story... L'être humain lançait son humble, sa modeste et si légitime requête. Et l'homme, son frère, doué pour la parole, ou les sons, ou les images, tâchait de satisfaire l'incessant appel : *to tell my story*... Au point de délaisser sa propre vie...

Il leva les yeux. Autour de lui, cette masse profonde de l'eau à peine agitée. Dans le sillage que laissait l'hélice du navire, il croyait voir sa jeunesse fort entamée déjà, fuir tout à coup sur un rythme accéléré.

Un jour, il n'y avait pourtant pas longtemps de cela, il était sur la route montante de la vie; c'était le temps de prendre à pleines mains. Il aspirait surtout à vivre, à poser son regard sur le plus de choses possible, à parcourir le plus possible cette terre étonnante, à goûter, à savourer les merveilles de ce que l'homme appelle solitude et qui à ses yeux éclatait de sens, de couleurs, de découvertes.

Puis lui était venu le sentiment qu'à l'homme tout est vite arraché. Il avait entrepris de lutter contre l'anéantissement de chaque instant. Est-ce ainsi que l'entendait le Père Le Bonniec lorsqu'il s'écriait: « L'artiste est protestataire; et d'abord contre le sort humain qui est de finir. »

Ici, il avait dessiné un arbre, là une pauvre vie de trappeur en son camp, ailleurs une qualité inhabituelle de lumière dans le ciel, toutes ces choses éparses. Et ainsi, peu à peu, plus que de vivre lui importait d'inventorier du moins ce qui passe. Du soleil parfois, une cabane, un regard : toutes ces choses éparses ! Vivait-il encore seulement, si attentif à l'épars ? Il plongea les yeux au plus loin de l'océan bruissant. Non, il le savait, depuis longtemps déjà, il ne vivait plus que pour peindre, peindre, peindre...

Mais avait-il au moins le talent que son âme exigeait ?

Autrefois, à peine s'en était-il soucié. Se posait-il seulement la question quand il allait par des rivières et des forêts inconnues, leur donnant vie en quelques rapides coups de crayon, pour le seul plaisir, pour sa seule fierté ?

Mais le temps fuyait, lui, avait grandi, le temps fuyait, et lui, de plus en plus avait à apprendre.

Il retourna le lendemain à Shakespeare, puis les jours suivants encore.

La traversée s'achevait. Avec ses pensées, le vieux William, et le bruit de la mer toujours présent à son oreille, il avait atteint cet approfondissement de soi auquel convie l'océan et qui, pour quelque temps, tant s'est creusée l'âme, apparaît comme une sorte de vide — et c'est en effet comme un vide : la place faite à l'accroissement — et qui aspire à être comblé.

On annonça que la terre était en vue. Pierre accourut. Les côtes de France approchaient. On en voyait naître les contours qui se dégageaient des brumes de la mer. Au-dessus du navire appelaient des mouettes. Leurs cris étaient déchirants à entendre. Et pourquoi l'était-ce ?

Le Père Le Bonniec lui avait dit de la France qu'elle était la plus humaine des patries. Mais que pouvait signifier : la plus humaine des patries ?

Pierre frémissait d'une anticipation de l'inconnu telle les forêts les plus sauvages n'avaient pu lui en communiquer. Sous l'effet d'il ne savait quel stimulant — un air plus vif, une proximité d'âme exigeante — le désir de faire de sa vie une chose belle et vraie poussait en lui aussi un cri de nostalgie.

Le soir, il fut à Paris. A la consigne, il se chargea lui-même de son coffre, le mit sur son épaule, écarta les porteurs d'un geste indigné — depuis quand ne suffisait-il pas à ses portages ? — saisit son sac à tout mettre, fendit la foule de son grand pas, sortit dans la rue. Et, comme naguère, quand il arrivait dans quelque petite bourgade du Mackenzie, de l'œil il interrogea dans le ciel bas les enseignes qui pouvaient s'y trouver de chambres à louer. La première qu'il repéra lui servit de but. Il s'élança en avant, faillit se faire écraser sous une voiture, se recula, fut ébloui par des phares, repartit comme un grand lièvre traqué, parlementa quelques moments avec une femme en savates, à l'air méfiant, paya d'avance sans demander à voir la chambre, y monta ses lourds effets.

Puis, la porte fermée, il s'assit sur le pied du lit, croisa les mains sur ses genoux, et la tristesse d'âme que lui communiquaient les villes sur lui s'abattit. Mais ici le monstre était de taille. Par la petite fenêtre entraient des scintillements de néon, des affiches entières et une incessante, une formidable rumeur. Et alors une vague de dépaysement s'éleva, sur lui s'écrasa, une si monstrueuse vague qu'il en perdit le souffle, et se sentit jusqu'en ses souvenirs presque anéanti.

XVIII

Il s'éveilla, à la fois reposé et surexcité, pensant :
« C'est aujourd'hui que je vais au Louvre. »

Il partit de bien bon matin pour quelqu'un se ren-
dant à un musée. Marchant droit devant lui, aux mé-
nagères qui allaient chercher leur lait, aux boueux, il
demandait : le Louvre ? et continuait selon l'indication
que les uns lui donnèrent de bonne grâce, d'autres
avec des « Dis donc, mais tu as vu : d'où ça peut sortir
ce compère? »

Il arriva au Louvre sans trop de détours et fort rapidement. C'était trop tôt. Il s'assit pour attendre. Des
pigeons gras et roucoulants vinrent chercher des miettes autour de lui. Il les regardait, regardait autour de
lui. A ses yeux qui avaient découvert les hardies couleurs dont aiment se couvrir les lieux du monde les plus
écartés, ce ciel de Paris, ses édifices, sa pierre, parurent
ternes d'abord. La réputation de son ciel surtout n'était-
elle pas surfaite? Ou est-ce qu'il avait été vu par les

plus clairvoyants des regards? A la longue, il s'aperçut qu'il y avait entre les pigeons, la ville, son ciel et ses maisons, une très douce parenté de couleurs, presque un lien de tendresse. Mais c'était subtil.

Le musée s'ouvrait enfin. Pierre traversa sans ralentir des salles de statues, Babylone, l'Egypte, la Grèce ancienne. Cela ne l'intéressait guère. Il cherchait les peintures, entrevit, au loin, au fond d'un dédale de galeries, un petit portrait au visage éblouissant, prit cette direction, en cours de route déboucha dans une grande salle. Presque devant le premier tableau, il tomba en arrêt, le cœur comme stupéfait. Le tableau était d'une telle richesse de tons, ceux-ci si harmonieusement équilibrés, que le sujet à prime abord n'y apparaissait pour ainsi dire pas. Pourtant il était sublime. Pierre voyait un vieillard au visage affligé d'un nez monstrueux, triste de se savoir laid devant le regard du petit enfant adoré qu'il tenait dans ses bras. Mais, à cause de ce tendre amour dans les yeux du vieillard, l'enfant le trouvait beau et lui souriait dans le ravissement. Et le vieillard devenait beau, en effet, par les yeux de l'enfant. Voilà du moins ce que comprenait Pierre, et il se demandait si c'était ce qu'entendait le Père Le Bonniec lorsqu'il parlait du double regard qui est peut-être le moment de la naissance de la beauté. C'était fort étrange, mais voici que devant ce petit tableau il pensait à sa Montagne, belle, mais seulement à qui savait la voir. Il l'imagina un moment s'ennuyant seule au fond de l'Ungava dans ce temps de l'année où elle se fleurissait de mousses nouvelles et de lichens ardents.

Il s'approcha du petit tableau, apprit qu'il était de Ghirlandajo et s'intitulait : *L'Homme à la verrue*.

Pierre ne s'en pouvait détacher. C'était là sans doute ce qu'on appelle un chef-d'œuvre, et qu'était-ce au fond qu'un chef-d'œuvre ? Les grandes choses de la vie ont aussi un nom, pensait-il : on dit l'océan, l'amour, l'art, l'œuvre — mais ces mots cachent peut-être plus encore qu'ils ne disent. Y a-t-il seulement deux personnes sur terre à ne pas différer quelque peu d'avis sur le sens de ces mots : amour, vie, œuvre ?

Pierre alla plus loin, s'arrêta devant un Rembrandt, et le choc se reproduisit. De nouveau il était saisi, comme un petit d'oiseaux entre les serres d'un aigle, pour être enlevé dans les airs. Il avait vu cela un jour s'accomplir sous ses yeux. Ainsi faisait de lui Rembrandt, avec son propre portrait fait sans doute pour s'interroger lui-même. Dans sa passion de chercher l'âme à travers les traits, il n'avait pas craint de se montrer avec les stigmates de l'âge et de la douleur. Ainsi se saisissait-il de l'âme d'autrui, pour l'emporter dans sa vertigineuse contemplation de la vie.

Pierre s'approcha, voulut toucher la surface du tableau, essayer de surprendre comment c'était fait, fut rappelé à l'ordre par un gardien qui passait. Il prit place au bout d'une banquette, le visage tourné maintenant vers *Les Pèlerins d'Emmaüs*.

Une émotion indescriptible l'empoignait. Ce n'était pas — pas encore du moins — de la joie; un tel saisissement de l'âme n'est pas joyeux. En des différentes zones de lui-même naissaient des sentiments divers, presque contradictoires, des élans aigus d'ivresse, il est

vrai, mais encore, une sourde et cruelle peine. « Je ne
suis rien, pensait-il en effet, moins que rien. Comment
oser peindre dans un monde où il y a eu Rembrandt,
Botticelli, Holbein, Rubens ! ... »

Il vit une Eve, nue, fragile, aux seins menus, à la
petite tête ronde, debout et pensive au milieu d'une ver-
dure sombre, luxuriante et presque tragique, telle elle
était peut-être au commencement des siècles. Il resta
longuement subjugué. Le corps féminin était-il donc
si pur, si délicat ? Cette amphore mystérieuse ? Il sondait le regard, le geste pudique, et rien au monde ne
lui paraissait plus pathétique que ce corps nu et mince
qu'il imaginait voir frémir, tel un petit bouleau blanc,
à toutes les misères humaines qui en lui avaient dû retentir. O mère des hommes, frêle femme, que tu devais trembler en effet si tu as seulement quelque peu
entrevu ce qui allait advenir de toi : les saints, les
poètes, les tyrans, les lâches, les martyrs... Il la regardait. Elle le regardait. Ils échangeaient, lui semblait-il, à travers l'impondérable, le secret abîme de
l'art, des pensées de rencontre, de consolation.

Pauvre de lui, c'est ainsi s'apercevait-il avoir désiré
peindre. Mais quand il fut devant les Velasquez, il
l'envia aussi. Sans doute avait-il pensé que serait accablante la leçon des maîtres, non pas qu'ils le pousse-
raient à si immense nostalgie.

Il sortit comme d'un rêve bref et qui eût duré un
siècle. Il voulut s'en aller, songeant qu'il n'en pouvait
davantage subir pour cette fois. Mais il était dans le
musée comme un captif, s'éloignait de quelques pas,

se sentait appelé par un autre tableau, revenait docilement regarder, de plus en plus se vidait de lui-même.

Il sortit enfin, à bout de forces. Les vieux maîtres
avaient-ils connu ce même tourment de défaite, de
doute de soi qu'il avait aujourd'hui auprès d'eux connu ? Sans doute, et sans doute au fond de ces grandes
œuvres sereines y avait-il une simple vie d'homme, ses
infirmités, de rudes obstacles avec peine surmontés, un
labeur géant dont ils avaient effacé toute trace — et
était-ce pourquoi il était malgré tout angoissant de les
approcher.

Allant devant lui à toute allure, Pierre était leur
proie encore. Les ayant une fois vus, pouvait-on ensuite
s'en jamais libérer ?

Il avait oublié en venant de se chercher des repères.
Il marchait au hasard — un événement pour lui;
quand, jusqu'ici, aurait-il pu se fier au hasard, lui qui
avait dû régler sa marche sur les étoiles et le soleil,
ou sur l'inclinaison des arbres, s'il n'y avait en forêt
aucune lumière. Mais le hasard était peut-être à tout
prendre le vrai maître des hommes. S'il levait les yeux,
il apercevait des squares bien équilibrés, au loin se
dressait toujours quelque ouvrage fin et soigné des
siècles passés; la ville, comme le musée, lui marquait
une hauteur, une distance accablante. D'être ici, à Paris, lui apparut alors devoir être un rêve — beau, mais
déchirant. Il allait ouvrir les yeux, se réveiller, se retrouver dans les farouches espaces : l'Ungava, ou à
l'approche du fleuve Mackenzie. Il allait enfin respirer,
revenir à l'humble vie, descendre à une altitude habitable.

Il arriva à une vaste place. Avec son ampleur soudaine, son ciel découvert, des perspectives par quoi
entrait un flot d'arbres, avec son murmure d'eau, elle
consola Pierre. Il s'appuya à une vasque. Le jaillisse-
ment fin de la fontaine près de lui lui sembla la voix
d'une douce rivière timide dans l'herbe; le grondement
du trafic, ce fut à ses oreilles comme le voyage du
vent, depuis si loin, jusqu'ici. Il gardait les yeux fermés
sur une minute de répit consolateur. Il savait pourtant
bien qu'il n'était pas en forêt. Mais il comprenait que
cette fière et noble place savait éveiller dans le cœur de
l'homme des images de liberté. Il imaginait que les
hommes de Paris, enfermés en tant de beauté, par elle
de tous côtés contenus, devaient peut-être en traversant
cette place retrouver parfois un élan primitif de l'âme.
Il imaginait de choses telles, et qu'il serait beau de voir
tourbillonner ici à leur aise les neiges en rafales du
Grand Nord. Il ouvrit les yeux, aperçut au fond de
la place une fort belle maison de pierre. Il demanda
à quelqu'un qui passait ce qu'était cette maison. On
lui dit : La Chambre des Députés. Pierre remercia. Il
s'engagea dans une avenue d'arbres, prit n'importe
quel tournant devant lui. Son cœur un instant allégé
maintenant souffrait davantage. Qu'était-il venu faire
ici ? En quoi pouvait se soucier Paris de lui ? L'ombrageuse susceptibilité qui, lorsqu'il était enfant et
qu'on l'avait blessé, lui dictait de prendre ses hardes
et au plus tôt décamper, cette même sensibilité enfan-
tine aujourd'hui encore s'essayait de le persuader : il
n'y a rien à faire ici. Prends le premier bateau de retour. Pauvre sauvage, retourne là d'où tu viens et où

seulement tu peux être quelqu'un, quelque chose. Il allait, blessé à vif, — comme sans doute tant d'êtres, des milliers qui, à Paris, au milieu de sa gloire, ont dû se sentir à peine existant. Plus tard, au bout d'une petite rue en pente, il aperçut, entre de vieilles maisons étroites, de l'eau qui luisait. Il y descendit. Il arriva sur des quais. Aussitôt la Seine commença de le consoler.

Ah ! qu'elle soit couverte de ponts glorieux, que s'y jettent les soirs de printemps des désespérés, qu'elle charrie, comme on dit, des « siècles d'histoire », n'importe ! L'eau est toujours de l'eau. Elle coule vers plus grand qu'elle-même et, enfin, vers la mer.

Près la berge, Pierre entendit le chant consolant. « Veux-tu que je te prenne et te ramène ? Pour ma part, à mon estuaire, à l'océan; lui, vers ta côte canadienne; ensuite, tes rivières, de l'une à l'autre, à travers l'intérieur vaste de ton pays, jusqu'à ton Mackenzie peut-être, en ton canot dansant ? Veux-tu que je te prenne et ramène ? »

Non, répondit-il, dès lors que l'eau était là, toute proche, à son service, à son secours, dès lors capable de se raisonner.

Maintenant, s'il avait seulement pu bâtir un petit feu tout au bord de l'eau, l'illusion eût été complète. Le dos aux maisons, mangeant assis par terre, ici comme ailleurs il aurait pu se sentir à peu près lui-même et à sa place. Mais sans doute n'était-ce pas permis de faire du feu sur ces berges soignées. Il laissa se perdre son regard sur la Seine. Sans doute toutes les rivières sont-elles de même nature; c'est une folie des hommes

que de les croire partisanes à l'histoire, d'âme particulière et ambitieuse. Toutes les rivières du monde ne
sont-elles pas à tous, et pour tout confondre, tout
réunir.

XIX

Les jours suivants il se lança à traverser Paris un peu comme une forêt qu'il eût d'un bout à l'autre à parcourir à longues enjambées, mais sans trop s'éloigner de la Seine. Il se tenait autant que possible sur la droite ou la gauche, proche du fleuve. Si, de temps en temps, il remontait sur les trottoirs, marchait comme tout le monde endigué entre les pierres, les enseignes et les feux de signalisation, bientôt il n'en pouvait plus, revenait sur les quais; il trouvait des marches, redescendait à l'eau, en prenait un peu dans sa main pour en rafraîchir son visage. Il s'asseyait, se reposait.

Et voici qu'un jour qu'il était quelque part entre les ponts, occupé à réfléchir, il vit s'approcher en canot un jeune homme plutôt trapu, aux cheveux blonds coupés ras, en chemise sport à col ouvert. Toujours, dans le Mackenzie ou sur le Churchill, ou en n'importe quelle brousse ou sauvagerie du monde, qu'un homme sur une berge solitaire en voie un autre s'avancer, et le cœur bat plus vite; on s'attend à un échange de nouvelles; la solitude sera rompue; on sera deux ce soir auprès du feu. Mais, d'habitude, c'est l'arrivant qui salue le premier. Celui-ci ne disant mot, Pierre éleva la voix.

— Vous avez fait bon voyage ? cria-t-il, ses mains en porte-voix.

Le jeune homme dans le canot leva la tête, interdit. Il suspendit le mouvement de sa pagaie, garda un moment les sourcils froncés. Il semblait se demander à qui il pouvait avoir affaire. Un loustic ? Un puissant original ? Il finit par sourire.

— De Charenton, dit-il.

— Moi, du Canada, dit Pierre.

L'autre écarquilla les yeux, s'approcha rapidement. Ses yeux criblés de soleil étaient à peine visibles sous les paupières plissées.

— Vous n'allez pas me dire que vous en arrivez à l'instant et par la Seine?

— Non, non, dit Pierre, souriant à demi. Et cependant si je mettais bout à bout les parcours d'eau que j'ai enfilés, un grand bout du Churchill, presque tout le Mackenzie et la North-Saskatchewan, je ne serais pas loin du compte.

Tout près de la berge, le garçon aux cheveux coupés courts ouvrait la bouche d'étonnement. Pierre lui tendit la main pour l'aider à accoster. L'autre, qui n'en avait pas eu l'intention, accepta la main tendue, se trouva sur la berge, tout petit à côté de cet homme long, étroit comme un poteau, qui lui demanda aussitôt :

— Voulez-vous du thé ?

— Comme cela ! dit le garçon blond. Et d'où allez-vous le sortir ? De votre manche ?

Il commençait à trouver irrésistiblement plaisante cette rencontre.

Mais avec sérieux, Pierre expliqua:

— Je me suis greillé aujourd'hui d'un de ces petits réchauds à alcool, grand comme la main et qu'on peut emporter dans sa poche. Vos marchands de Paris ont des objets extrêmement utiles et commodes pour le campement. De plus, bien pensés pour les portages. J'aurais eu cela dans le temps que je rôdais l'Ungava, et ma vie en eût été mille fois améliorée.

Tout en parlant, il s'occupait à allumer un minuscule réchaud posé par terre, versait d'une outre prise dans sa poche un peu d'eau dans un gobelet de ferblanc.

— Dites-donc, disait l'arrivant, vous allez l'air de vous y connaître vous, en nomadisme.

— Si je ne m'y connaissais pas encore ! Dans mes voyages, voyez-vous, commença Pierre... et, de fil en aiguille, en vint à raconter comment, venu prospecter Paris, ses chances d'étude et d'avancement, il avait d'abord eu la déconvenue d'apprendre qu'il avait passé l'âge de s'inscrire aux Beaux-Arts. Il me faudrait n'avoir que vingt-cinq ans, dit-il. Mais cet âge déjà dépassé, avec mon associé, un nommé Sigurdsen, alias le grand Steve, je piégeais les bords du lac Caribou, et entre moi et les Beaux-Arts s'étendait une distance infinie : les Territoires du Nord-Ouest, les savanes du Nord manitobain, l'Ungava; de plus la route à faire en moi-même. Du reste, pour tout dire, à vingt-cinq ans, je n'avais même jamais encore entendu parler des Beaux-Arts.

L'heure était belle — de ces heures paisibles où le grand soleil un peu passé, l'eau et le ciel se recueillent. Dans le Grand Nord aussi, à pareille heure, on se confie. Partout dans le monde, il y a une heure pour se mettre à parler. Après ces jours d'esseulement à Paris, Pierre, si peu bavard à son habitude, se découvrait comme ces solitaires de sa connaissance, autrefois, qui, ayant enfin quelqu'un sous la main, pouvaient parler douze heures durant, sans répit ni repos. La joie d'être écouté, d'étonner, le stimulait.

Donc, où s'adresser à présent, dit-il. Où trouver le maître qu'il lui fallait en ce Paris d'une manière plus vaste que tout le Haut et le Bas-Mackenzie réunis. Peut-être devrait-il s'adresser à son ambassade. Mais il n'aimait pas ennuyer les ambassades. Il n'était pas dans ses habitudes d'ennuyer personne. Pour la conduite de sa vie, ordinairement, il s'en était remis aux grands conseils de la nature, et rarement lui avait-elle fait défaut...

A ces mots, un vif éclat de rire de la part de son compagnon jusque-là silencieux l'étonna. Celui-ci explosait:

— Ah, mais c'est trop fort! C'est trop beau! Vous
êtes là, sur votre berge solitaire, comme vous dites, à
vous ronger parce que le ciel ne vous envoie pas un
signe, ou que sais-je! Vous êtes artiste-peintre, à ce que
je comprends encore, vous cherchez une école... Et il
se trouve que je suis étudiant à l'académie Meyrand,
oui, étudiant en Beaux-Arts. Or, je prends aujourd'hui
mon premier jour de congé depuis longtemps. Je pars
au hasard sur l'eau, histoire de me laver les idées. Et
j'arrive droit à votre campement.

Il bondit sur ses pattes courtes, salua comiquement
de la taille, avec un éclat de ses yeux joyeux.

— Stanislas Lanski, pour pous servir, dit-il. Que le
nom ne vous égare pas. La famille est de lointaine
souche polonaise. Mais je suis Français, et même pari-
sien.

Le thé était prêt. Pierre tendit le gobelet à Stanislas.

— Prenez, dit-il, rien ne réconforte si bien.

— Ça, quand même! s'écria son vis-à-vis, se voyant
tout à coup assis à croupetons à boire du thé, au bord
de la Seine, en compagnie d'un inconnu, en canadienne
à franges!

— Ce n'est pas si étonnant que vous pouvez le croire, disait Pierre doucement. C'est le contraire qui serait
le plus étonnant, de ne pas s'être rencontrés. Ainsi,
regardez un peu: une fois que j'étais absolument fauché,
à Fort Saint-John, j'avais emprunté un dollar d'un bon
bougre rencontré par hasard. Le lendemain, j'eus des
fonds. Je me mis à la recherche de mon prêteur. Il avait
déguerpi. Je ne connaissais pas son nom. Cela arrive
plus souvent qu'on ne l'imagine dans le Grand Nord.

On connaît un type sous un sobriquet, ou même seulement d'après son signalement, son physique. Mon prêteur pour moi, c'était le petit Bill. Rien que ça. Des années passent. Je me rongeais toujours, pour emprunter votre expression. J'avais ce dollar sur la conscience. C'était ma première pensée le matin en me réveillant. « Qu'est-ce qu'il peut penser de moi, le petit Bill? » me disais-je. Et puis, attendez! Un hiver, je piégeais — non plus dans la Rivière-la-Paix, mais au nord de la Saskatchewan, avec un autre associé, un métis cette fois. C'était bien à cinq cents milles plus loin. Je pars un jour, seul, faire une tournée de pièges. C'était dans le crépuscule, le constant crépuscule qui est le jour là-bas. J'étais à la limite de mon territoire, j'allais rebrousser chemin, lorsque j'aperçois une ombre, une silhouette d'homme entre les petites épinettes. Je me dis: le trappeur dont le territoire touche au mien. Qui peut-il bien être? Je cours un peu, je l'appelle.

— Et c'était votre petit Bill, conclut Stanislas en riant.

— Justement, dit Pierre. Et ce n'est pas la seule rencontre surprenante de ma vie. Tiens, une autre fois...

Les histoires fusaient de son cœur. A se raconter, il découvrait un plaisir inédit, neuf, étrange, qui lui restituait son identité, sa vie, sa réalité dont, depuis des jours, à Paris, il était comme dépouillé. De surcroît, ces anecdotes de brousse et de chasse qui là-bas n'eussent que médiocrement intéressé, ici prenaient un son sans pareil, captivaient l'imagination de Stanislas, il le voyait bien. Cela l'inspirait. Peut-être aurait-il été heureux de la même mystérieuse et profonde manière, si, là-bas, au Mackenzie, il eût rencontré quelqu'un de Paris qui, près d'un feu de campement, ou en quelque petite cabane bien close, la nuit venue, lui aurait raconté l'étonnante grande ville.

— C'est proprement fantastique, disait Stanislas à tout instant. Aujourd'hui, je crevais dans ma peau, à l'étroit dans ma vie. Qu'est-ce que je suis? me demandais-je. Un petit peintre de rien du tout. Comment faire du neuf, que je me demandais. Nous devons être trois ou quatre mille peintres dans Paris à chercher à nous distinguer l'un des autres; tout comme vos petits arbres du Mackenzie à pousser hors de la forêt anonyme. Est-ce que je vais m'orienter vers le non-figuratif, ou l'automatisme, ou l'intimisme? Dépité de tout, voilà où j'en étais. Oui, comment faire du neuf, voilà ce qui me préoccupe. Je file avec le courant. Vous êtes là. Et me voici pour ainsi dire au Yukon. Le monde est immense; la vie, un imprévu incroyable. Tout est neuf. Je ressuscite.

Tous deux se regardèrent. Dans leurs yeux brillait l'entente. Quel est donc sur l'homme l'attrait des mots où passe le souffle de l'aventure et de l'espace?

— Ce n'est quand même pas fantastique, disait Pierre. Ou alors, tout est fantastique. Voyez-vous, au bord des rivières, on rencontre toujours des gens. Si cela ne m'est pas arrivé mille fois, ce ne m'est pas arrivé une fois. Par exemple, un autre jour, dans l'Ungava...

Le soir glissa sur la Seine. Les lumières et les bruits de Paris parurent lointains. Un chaland vint à passer, tout illuminé. Cela rappela à Pierre les anciens bateaux à roues autrefois en usage sur le Mackenzie, dont il raconta qu'ils avaient transporté les chercheurs d'or au temps de la ruée au Klondike. Des étoiles s'allumaient. Allongé face au ciel, Stanislas observa qu'il les remarquait bien pour la première fois depuis longtemps. Tous deux avaient l'impression d'être nulle part et partout à la fois sur la terre des hommes.

XX

Ils s'acheminaient ensemble ce matin vers l'académie Meyrand. Pierre portait sous le bras ses gouaches de l'Ungava liées d'une ficelle, des dessins aussi dont Stanislas, soulevé d'enthousiasme, lui avait dit qu'il fallait apporter cela surtout.

L'air de Paris était d'une clarté douce, embuée d'une légère vapeur. Chemin faisant, Stanislas, de son court bras tendu, indiquait un monument célèbre, un pont, un restaurant réputé. Pierre jetait de ce côté un regard de complaisance. Voyait-il seulement ce qu'il regardait avec ce curieux regard perçant et rêveur? Peut-être ne faisait-il qu'enregistrer sans le savoir ce que plus tard seulement il verrait — après coup — lorsque sorti de l'état de transe où le mettaient les événements, une vie si nouvelle, le cadeau d'une belle amitié, pareille bifurcation donnée à sa destinée. Il avait allongé son souple pas de trappeur déjà si rapide, semblait glisser sur le sol, le cou haut, d'une tête dépassant la foule, le regard porté au loin comme pour voir parmi des arbres.

Stanislas bousculait ses pas pour se tenir à peu près à la hauteur de Pierre. A court de souffle, il n'en parlait pas moins sans arrêt d'une curieuse voix épuisée qui se haussait à mesure qu'elle se fatiguait.

— Ne te frappe pas, disait-il. Tu as vu d'un coup tous les vieux du Louvre. Il doit y avoir là de quoi ébranler le plus fort. Nous, on a été élevés là-dedans. Un jour, on en a vu un, puis un autre. Il n'est d'ailleurs pas sûr qu'on les ait jamais vus. On s'est habitué plutôt. La routine, une curieuse chose: ça nous dérobe tout, au fond. Tandis que toi! Penses-y, tu arrives de ta forêt, tu reçois tout cela en vrac. Ça doit être assez étourdissant, en effet. Mais quel choc profitable tout de même!

Il atteignait à peine l'épaule de Pierre, en courant à côté de lui levait haut son bon visage qui interrogeait toutes les réactions de l'homme de la solitude.

— Ne te frappe pas, dit-il. A supposer que les Titien, les Rembrandt, les Vermeer, tous ces gens soient nos contemporains; à supposer qu'aujourd'hui on soit en route pour leur demander conseil, je te parie qu'on les découvrirait les plus accueillants des hommes.

Cette idée plut à Pierre. Il s'arrêta pour la mieux examiner. Oui, sans doute: les grands doivent être accueillants. Ainsi Shakespeare, dit-il, et repartit à son rythme de marche qui semblait à la mesure de plaines sans fin.

— Hier soir, en regardant les étoiles, continua Stanislas, on ne s'est pas demandé si toute la place est prise par les astres anciens. On ne s'est pas dit: le ciel est complet.

Il rit, toute sa petite personne animée, un peu cocasse, attentive à l'effet de ses paroles sur Pierre.

— Un million d'étoiles de plus là-haut, et ça ne se verrait pas davantage.

— Tu raisonnes bien, pour un prisonnier des villes, dit Pierre.

— Au fond, je t'envie, c'est toi le favorisé des dieux, repartit Stanislas. Regarde nous, les trois ou quatre mille petits peinturlureux de Paris. Qu'est-ce qu'on est: quatre-vingt-dix pour-cent de théorie, dix pour-cent de production. Toi, le contraire: quatre-vingt-dix pour-cent de vie. T'es drôlement mieux équipé que nous, si tu veux le savoir.

Ils arrivèrent à l'académie. Au fond d'une vaste salle à verrières, à travers des bancs de fumée de tabac, Pierre entrevit une vingtaine de jeunes gens la plupart barbus, les manches retroussées, qui travaillaient autour d'une petite estrade où se trouvait exposée à leurs regards une femme nue. Sa première pensée fut qu'ils s'étaient trompés d'endroit ou, qu'en route, Stanislas s'arrêtait ailleurs pour quelque raison qu'il n'avait pas choisi d'expliquer.

Cependant, Stanislas avait pris à part le maître, Augustin Meyrand.

— Ne vous frappez pas du type que j'amène. Non, ce n'est pas un Mongol. Ne vous frappez pas, maître. Attendez de voir ce que je lui ai fait apporter.

— Eh bien, faites donc voir ce que vous avez là de si rare, dit le maître.

La voix était coupante, comme prête à railler.

Il regardait Pierre défaire son paquet, en tirer de petites planches de bois minces couvertes sur les deux faces. Ses yeux tombèrent sur la pochade qui avait si fort ému le vieux missionnaire, que Stanislas aussi, la veille, avait regardée avec un trouble bizarre.

— Qu'est-ce que cela? fit-il, faisant mine de ne pas voir en quel sens il fallait regarder le petit tableau.

Puis il devint silencieux. Les paupières plissées, clignant un peu de l'œil pour centrer sa vision, il regardait la pochade. On était par elle emporté. Aucun doute de cela. La pochade faisait office de tapis magique. Cela pour l'âme qui l'animait. Mais la facture! On aurait dit que cette petite œuvre vivait en dépit de toutes les offenses commises contre elle. Une chose étrange, en vérité!

Le souffle qui la commandait, comme empêtré en des liens grossiers, une pâte trop lourde, néanmoins, par un effort douloureux, parvenait à lancer son cri de vie. Ce qui aurait dû être beau uniquement gênait à cause de l'effort trop visible. Cependant il y avait ce petit défilé vers la lumière qui était comme d'instinct parfaitement réussi. Et peut-être, après tout, quelque indice de génie. Avant qu'il n'ait acquis ses ailes, qui donc peut tant se vanter de l'avoir reconnu?

Le maître ne dit rien encore, jeta les yeux sur d'autres pochades; celle-ci dont son regard dit aussitôt qu'elle était mauvaise; celle-là, contenant peut-être une promesse.

Pierre frémissait d'angoisse. A chacun de ces regards incisifs et austères qui tombaient sur ses pochades, il se sentait comme à leur place, brutalement mis en cause. Pourquoi, d'un jugement porté sur soi, qui n'engage ni le courage ni l'honneur, souffrir autant ? Plus que si l'on eût fait le mal, commis quelque méchante action?

Cependant le maître venait d'apercevoir aux mains de Pierre une liasse de crayons, que celui-ci ne songeait pas à présenter. Son regard s'anima, il tendit la main pour les recevoir. Aussitôt il fut comme ravi en songe. Ici, rien n'arrêtait l'élan créateur, ne le desservait ni ne le trahissait. Idée, forme, matière, tout cela n'était qu'un; la vision même d'une âme, et si claire, si limpide, qu'on y pouvait entrer sans heurt comme dans la vérité.

Ces chiens au long poil hérissé de neige, leur attitude accablée; ces deux vagues silhouettes de trappeurs vus de dos, se chauffant au maigre réconfort d'un petit feu allumé sur la neige; autour d'eux cette forêt fragile et tenace; tout cela paraissait vrai; ainsi devenait la vie: dure, inexplicable, d'une misère incompréhensible. Combien de fois en sa vie, se demandait le maître, avait-il vu pareils croquis ? tant de vérité jaillir de moyens aussi simples, presque pauvres? Deux ou trois fois, peut-être, et encore !

Il releva les yeux sur Pierre. Celui-ci avait souffert de voir le maître prendre tant d'intérêt aux dessins, choses accomplies avec facilité, tel un jeu, comment auraient-elles pu lui paraître pleines de valeur !

— Ce ne sont là que de petites notes de voyages, des souvenirs cueillis dans l'intention d'en faire plus tard des tableaux.

Le maître le scrutait. Toujours donc la même chose, pensait-il. Le talent que l'on a à profusion ne console pas de celui que l'on préférerait. Quel être bizarre que l'homme ! N'est-ce pas toujours un peu sa peine en son œuvre qu'il chérit.

— C'est de peindre qui vous importe ?

Pierre fit signe que oui. Le froid, la faim, ces longs voyages de solitaire, la misère de vivre, tout cela il s'aperçut l'avoir accepté, pouvoir accepter pire, à condition que tout pût être dépassé, transcendé, c'est-à-dire relié de quelque manière à tout ce qui est.

— Je ne vous vois guère, fit le maître, bourru, fréquenter régulièrement des cours, travailler ici. Pourtant il vous faut bien commencer par l'abc de la technique.

Il resta un moment silencieux.

Pierre s'aperçut alors être fouillé profondément par le regard perplexe du maître qui devait se demander à son sujet : n'est-il pas trop âgé pour se mettre à l'apprentissage; a-t-il assez de caractère pour s'y soumettre, se soumettre à plus dur encore; est-ce qu'il peut seulement supporter l'air de Paris ?

Cependant ce qu'il demanda fut tout autre chose.

— Pour vous, qu'est-ce que c'est que peindre?

Pierre se troubla. Il chercha, ne trouvant point de réponse. Sa vie était là, cela engageait toute sa vie. Il n'en savait pas plus.

— Je n'ai pas de théorie, dit-il.

Le maître parut satisfait.

— Je vous engage, fit-il, de continuer à travailler seul. Vous viendrez me montrer ce que vous faites. On en discutera. Mais, plus de brousse. Ce que je veux vous voir essayer, c'est Paris, ce qu'il y a ici sous vos yeux. En bref, du ciel, de l'eau, des maisons, des places. Il me faut voir ce que vous pouvez faire avec le sujet de tous et non pas avec je ne sais quelle ensorceleuse montagne de je ne sais quel Labrador.

Un bref sourire adoucit son visage. Il tendit la main.

— Revenez tant que vous voudrez, dit-il.

Au dehors, Stanislas saisit le bras de Pierre l'entraînant vers une brasserie proche. Il exultait.

— Que cette terreur de Meyrand veuille bien se charger de toi, te guider, s'intéresser à toi, c'est la preuve que t'es un gars de qualité.

Mais Pierre qui était bon juge des hommes, s'il ne l'était encore de sa propre peinture, se rappelait le regard hésitant, presque douloureux du vieux peintre et maître. Il l'avait vu occupé à peser, contre une montagne entière de vil minerai, un possible, un minuscule grain d'or. Pour la première fois de sa vie, l'acte de juger lui paraissait-il grave presque autant que celui de créer.

XXI

Peindre Paris ! Ah, c'était autre chose que de lever les yeux sur la montagne ! Là il était le premier, le seul à contempler. Autour de lui, un silence total, comme un recueillement de la nature, un encouragement du ciel à tenter l'effort. Est-ce qu'en effet, là-bas, pendant qu'il travaillait, tout, d'un profond accord, ne le louait pas d'oser transporter la montagne sur du papier. Mais Paris ! Paris cent fois peint, cent fois exalté ! Stanislas lui citait des noms pour toujours attachés à la ville : Sisley, Manet, Monet, Pissaro, Utrillo surtout. Et le solitaire, à s'embarquer en des traces faites, lui qui toujours avait ouvert son propre passage, hésitait, se méfiait. Ces grands noms devant lui, il en était plus effrayé encore que des vieux du Louvre. De tous les supplices qu'il avait subis et subirait encore, celui-là lui serait le plus dur. Il lui semblait que la noble ville allait prendre comme un affront qu'il osât, après tant d'autres, tâcher de fixer quelque aspect de

son visage. Elle ne le souffrirait pas, pensait-il, elle se
défendrait contre lui bien autrement que l'Ungava.

Pourtant il partit un bon matin à la recherche de
quelque petit coin de Paris, humble, rustique, tel il
s'en trouvait peut-être; il vit de petites places qui ressemblaient au cœur d'un village, avec leurs marchés
en plein air, quelquefois une dolente musique d'orgue
de Barbarie, un petit singe attaché. Mais c'était trop
public encore pour lui. Il retourna vers la Seine. Et
longtemps, il se borna à peindre l'arche d'un pont, une
péniche approchante, l'eau surtout, à laquelle il donna
cependant le caractère sauvage des rivières du Nord.
Il gagnait quelque endroit aussi isolé que possible; il
travaillait, assis par terre, sans chevalet, ses peintures
à côté de lui, sa planchette sur les genoux; c'est ainsi
qu'il était le plus à l'aise; il avait toute la peine du
monde à refouler ses souvenirs, à faire place nette à un
présent insolite, qui ne lui apparaissait pas réel. C'était
comme s'il se fût appliqué à peindre un rêve flou et
un peu malheureux.

Son maître lui ayant fait le reproche de ne peindre
encore ici que la solitude, et rappelé qu'il fallait faire
de tout : des encoignures, des murs, des mouvements
de foule, et même la rue, Pierre se risqua en des quartiers plus vivants.

L'amer tourment que lui fut la curiosité des gens !
Ils apercevaient cet homme bizarre dans son attitude,
son visage et son accoutrement. Il leur fallait s'approcher, jeter un coup d'œil sur ce qu'il faisait. Quelques-
uns se croyaient tenus d'exprimer leur opinion, pour
louanger ou pour avouer une sorte de déconvenue.

Pierre apprenait que, l'œuvre à peine faite, tout le
monde la traite avec une singulière familiarité —
comme si elle était la propriété de tous, et qu'on eût
sur elle des droits.

Il n'avait plus d'élan. Même seul il n'en aurait plus
eu. Maintenant qu'il avait un maître et qu'il lui fallait tenir compte à la fois de tant de conseils : les rap-
ports entre eux des volumes, l'équilibre des couleurs,
de les nuancer davantage, de réduire sa touche, maintenant son ardeur de l'âme, si parfois il en eût pu
avoir encore un tant soit peu, contre tant de contraintes
comme sur un mur hostile venait se briser. Peindre
n'était plus qu'un long exercice ardu.

Peut-être, pensait-il parfois, s'il n'avait que vingt
ans, s'il était au tout commencement de sa vie, par-
viendrait-il à maîtriser ces difficultés de métier innom-
brables, une était-elle enfin vaincue, dix autres apparaissaient. Mais, comme si pareille tâche n'eût pas suffi
à l'accablement de l'âme, voici que, sans trêve, Pierre
s'entendait dire à l'oreille que pour lui le temps serait
court, que déjà peut-être était franchi le milieu de sa
vie. Alors s'emparait de lui un affolement qui nuisait
à ses efforts. Sans doute l'œuvre naît-elle du tourment
d'être homme; mais encore faut-il à ce tourment l'illusion du moins de la durée...

Or, son maître, le voyant tout de même vite amé-
liorer sa manière, le pressait de conseils de plus en
plus durs. Une de ses paroles hantait l'esprit de Pierre. « Ce n'est pas parce que la Montagne est belle que
tu doives en faire une peinture. Qu'est-ce que cela a à
voir avec la peinture une belle montagne ? »

Pierre ne comprenait pas. Il s'insurgeait. S'il s'as-
treignait à des exercices si pénibles, si absurdes, s'il y
perdait toute liberté et presque son identité, il savait
bien que ce n'était que pour plus tard mettre au service de la Montagne tout ce qu'il aurait ici appris.

« L'objet n'est rien en peinture, » disait Meyrand.
Stanislas disait de même. « L'objet n'est que prétexte.
Prétexte à définir une sorte de résonnance intérieure
avec l'univers — elle-même au reste indéfinissable.
Comme un bonheur, mais plus mystérieux que tous les
autres. » Mais Pierre n'avait plus de bonheur.

Quand Stanislas lui vit un air ombrageux, suscepti-
ble, « son air de fuite », il proposa des promenades en
dehors de la ville. Ils allèrent une fois à Saint-Germain-
en-Laye et, quand Pierre aperçut une allée s'enfonçant
en forêt, comme une biche il prit cette direction. Une
autre fois ils allèrent pendant trois jours errer dans
la vallée de Chevreuse. Pierre revenait de ces excur-
sions avec des miettes pour sa faim : un murmure de
feuilles au vent, le souvenir d'une source, un moment
de silence.

Puis Stanislas s'en prit à la nature. Tout avait été
dit depuis longtemps de ce côté-là. Le paysage, où est-
ce que ça menait ? Il fallait revenir, disait-il, aux formes pures, abstraites et rigides. Les formes géométri-
ques seules ne mentaient pas. En carrés, cubes et trian-
gles, Stanislas se contraignit-il à voir et à faire voir
le monde. Pierre s'aperçut n'être pas le seul à chercher
son chemin solitaire. Tous, désespérément, pour aboutir cependant au lieu de rencontre, cherchaient, comme
dans une   forêt, un endroit non battu, une brèche à

soi. Que cela pouvait-il signifier ? On tendait vers un grand carrefour clair, aisé, plein de lumière, mais, chacun par son chemin écarté.

— C'est bon pour toi, disait Stanislas, de faire Paris, ses environs, le ciel et de l'eau. Tu vas faire cela comme personne.

C'est ce qui se produisait.

De pochade en pochade émergeait un Paris grelottant sous une lueur de l'Arctique, aux arbres raccourcis, aux silhouettes lourdes, empêtrées en des masses de vêtements.

Le maître ronchonna. « Si c'est pour peindre toujours votre savane et votre impitoyable nature que vous êtes venu à Paris, avouez que ce n'était pas la peine. »

C'était juste. Pierre s'efforça de donner aux arbres, au ciel, aux gens d'ici leur tendre douceur si injuste à tant d'égards.

L'hiver s'avançant, il fit un jour une joyeuse découverte. C'était au Jardin des Plantes, et avec les bêtes il refit connaissance. Non plus pour en vivre, les tuer, les dépouiller de leur fourrure, envers elles user d'abominables pièges; simplement pour les voir, les étudier et les comprendre.

Il en retrouva de familières, tel le loup-cervier, tel le renard. Mais le regard n'était plus le même. Le regard lui échappait. Ici, le renard, dans le fond de ses propres yeux se reposait. Le loup-cervier dans le fond de ses yeux se reposait. Ces animaux au regard ni heureux ni malheureux le fascinaient. Il se rappelait la torture de la faim, la frayeur de l'homme et des autres bêtes, le qui-vive constant, tout ce qui brille un instant dans un regard d'animal aperçu en forêt. A présent, dans les yeux paisibles du renard et du loup-cervier, il voyait comme un long rêve muet qui aurait cherché à s'éclairer. Pour aller plus vite, saisir le mouvement si rapide de certains animaux, leur jeu d'expression plus furtif encore que chez les humains, l'humeur folâtre des chèvres, le plissement d'yeux si comique de l'éléphant, cette vitalité qui le séduisait, il en revint au crayon. Il apparut dans ses croquis, quoique en aucun il ne mît de barreaux, que ces animaux étaient captifs et, selon leur caractère, en accord avec cet état de chose ou rêvant de quelque vieux rêve obscurci.

Augustin Meyrand fut si complètement enchanté qu'il désira en la compagnie de Pierre aller comparer les croquis avec l'original, voir tous ces animaux dont il lui sembla ne les avoir jamais vus.

Mais, se voyant loué pour ce qui lui était naturel et facile, Pierre prit ombrage de cette joie du vieux maître.

XXII

Les animaux, mais aussi les arbres le hantaient. Souvent, depuis qu'il était à Paris, il se souvenait du petit tremble-peuplier qu'il avait vu, seul, au bord de l'eau, alors qu'il faisait route vers Fort-Renonciation. A propos de tout, à propos de rien, le petit arbre du Nord venait se placer en son esprit. Il se demandait pourquoi il y pensait tant, pourquoi celui-là seul émergeait de la forêt infinie qui s'étend à l'ouest du Canada presque jusqu'au delta du Mackenzie. Traversait-il un passage clouté avec le flot pressé et nerveux des gens; entendait-il le grondement des rues, plus fort que le grondement des fleuves; le spectacle de l'agitation perpétuelle des hommes le frappait-il plus que de coutume, et, aussitôt, à son regard intérieur apparaissait le petit arbre éprouvé. Le chant si lointain de son feuillage revenait en son souvenir. Il s'identifiait presque à cet arbre.

Un jour que son maître, avec sa rudesse habituelle, mais où il y avait bien plus de façade que de réel courroux, lui reprochait de tenir le pinceau comme avec une patte, Pierre, debout, parut s'éloigner prodigieusement, entrer en quelque profond refuge. Le maître, à présent silencieux, l'observait. A la longue, Pierre s'aperçut que le silence durait, s'en étonna, leva le regard. Dans les yeux du vieux peintre, sous les sourcils lourds et noirs, au fond de ce visage ravagé, il crut apercevoir l'expression d'une souffrance grave, peut-être d'une tendresse affligée. Et, tout à coup, Pierre comprit que le vieil homme non plus n'avait jamais peint comme il en avait envie, que pour cela sans doute il s'était fait le guide des autres et qu'à présent, en chacun, sans trêve, il se poursuivait et se châtiait. Rarement sans doute était-il consolé de sa défaite par le talent que toujours il espérait voir poindre en l'un ou l'autre de ses élèves.

Pour le moment, le maître pensait cependant à bien autre chose.

— Mangez-vous? demanda-t-il brusquement.

S'il mangeait! Pierre sursauta. Oui, sans doute, de temps en temps. Peut-être pas aussi régulièrement qu'il l'eût fallu. C'était si ennuyeux d'avoir à quitter sa palette pour faire cuire un œuf, mettre de l'eau à bouillir, — et, à présent qu'il ne prenait plus son poisson, n'avait plus loisir d'abattre ici un lièvre, là une perdrix, tellement coûteux. L'argent de sa petite bourse d'études à laquelle était venu s'ajouter un don en espèces de Sigurdsen, un autre du Père missionnaire, s'épuisait vite. Prendre de cet argent qui représentait la confiance mise en lui — sa dette la plus douloureuse — pour manger, pour se vêtir, lui était une vraie peine. Il en usait avec une extrême parcimonie, libéral seulement lorsqu'il s'agissait de l'achat des peintures.

— C'est bien ce que je pensais, fit le maître. Vous vous nourrissez au petit bonheur, à peu près. L'ennui fait le reste.

Si encore, pensait-il, les privations énormes étaient la garantie du talent et d'une œuvre! Mais aux martyrs de l'art — et il y en a plus qu'on ne croie, peut-être même plus qu'en religion — aux saints, aux martyrs pour la cause, le cœur dur de la création tient-il compte? L'œuvre, quand elle en a envie, ne peut-elle pas se passer de presque tout ce que peut lui apporter celui qu'on dit être son créateur?

Il observait Pierre, avec son cœur d'homme.

— Partez, dit-il tout à coup.

Partir! Pierre eut son visage blessé. Est-ce à dire qu'on avait perdu tout espoir en lui? Au moment où peut-être il allait commencer à satisfaire le maître?

— Mais non, mais non, dit Augustin Meyrand. Vous m'inspirez confiance dans le fond, et vous le savez bien. Mais allez en liberté, partez devant vous, comme vous deviez aller dans vos libres espaces. Respirez à fond. En France aussi, il y a des contrées sauvages. Vivez dehors. Je vous donne congé pour trois mois. Mais à une, à deux conditions plutôt: vous me rapporterez tout ce que vous aurez fait, des dessins aussi si vous tenez à plaire à votre vieux tyran; à cette autre condition encore: descendez au sud.

A mesure qu'il entendait ces paroles, Pierre s'illuminait. Les oreilles d'abord avaient commencé de frémir. Puis au visage si longtemps fermé et contraint montait comme une sève, l'arbre, de ses racines lointaines, puisant enfin de la vie.

Il courut à son logis, en un tournemain eut fait ses préparatifs. Dans le grand *rucksack* s'entassèrent les objets familiers aux campements. Rien que de les toucher: la petite casserolle, le gobelet de fer-blanc, le réchaud, une lampe de poche, Pierre était déjà en route, un homme libre, un homme allié à l'univers. Il s'acheta une carte routière. C'étaient les fleuves encore qui l'attirèrent, avec leur sinueux parcours. Jamais donc il n'en serait guéri. Des noms l'appelèrent: La Durance, la Gironde, le Rhône. Et devant tout ce que ce seul pays, la France, offre de rivières, de montagnes, de profondes vallées, Pierre eut de nouveau le sentiment que la vie est trop brève, une goutte pour la soif inaltérable de qui l'aime.

Il ne s'agissait donc pas simplement pour peindre de donner sa vie à la peinture. Sans doute eût-ce été trop facile. Il fallait quand même de temps en temps la reprendre. Etre ou ne pas être! La pensée de Hamlet n'était pas très claire dans le fond.

Le voici à présent qui rapièce lui-même sa petite tente brune d'autrefois. Elle a souffert de bien des pluies, peut-être davantage d'être restée longtemps pliée, au rancart; n'importe, elle fera l'affaire. Voici Pierre, assis par terre — c'est sa manière — qui coud comme une ménagère. Ensuite, il se munit de provisions comme s'il allait passer des semaines sans voir âme qui vive.

Stanislas va vers le nord, lui, au sud. Leurs routes bifurquent, mais, à l'automne, ils se retrouveront à l'étape centrale.

Il prit le car. Son bagage sur le toit, lui coincé à l'intérieur entre des familles, il roula une demi-journée. Quand ce fut assez campagne, il quitta la compagnie. Il continua à pied, sur la route quelque temps, puis enfin, son *rucksack* au dos, à travers le pays.

Le bel été extraordinaire! A travers le pays qu'on dit le plus civilisé du monde, Pierre fut des jours entiers sans rencontrer de passants, campa sur des berges au murmure de silence, se guida sur les cours d'eau, les étoiles, le soleil, parfois sur les renseignements d'un paysan ou d'un chasseur, ne s'approvisionnant qu'en des hameaux perdus. Mais ils étaient vieux de plusieurs siècles, beaux comme des os depuis longtemps rongés par le soleil. Dans la Saskatchewan du Nord, un jour, Pierre était tombé sur un nombre extraordinaire d'ossements secs, épars entre des herbes brûlées: sans doute le site de quelque cruel piège tendu à des antilopes de la plaine qu'il reconnaissait à leurs bois de tête. Au soleil, propres, nettoyés par le temps, les ossements lui avaient paru beaux. Et ces vieux villages de France, entrevus au bas d'un ravin ou en haut d'une butte, en leurs petits murets de pierre, avec leur silence et leurs vieux habitants, lui faisaient penser aux antilopes depuis si longtemps mortes qu'elles n'étaient plus que grâce, pureté, infinie tranquillité.

Il vit la longue plaine de la Crau, plate comme la mer; une immobile plaine à l'infini et couverte de tant de galets que l'esprit se perd en conjectures: d'où a pu

venir pareille pluie bizarre? Est-ce la mer qui en s'éloignant a laissé cela derrière elle? N'est-ce pas plutôt le
ciel qui a plu des cailloux jour après jour?

Il dormit parmi les roseaux de la Camargue, et vit là
des oiseaux plus épris de liberté que les plus sauvages
oiseaux du Mackenzie. Il fit un petit tour par les douces
Alpilles, escalada les Baux, un jour se trouva dans la
chaîne des Maures, monta jusqu'à Ramatuelle. Partout,
il dessinait: les vieillards assis, le soir, sur le banc cir-
culaire qui ceint un tilleul vieux de sept cents ans, des
chèvres dans la montagne, les enfants qui les gardent,
un mouvement de troupeau de moutons dans la vallée.

De loin, un jour, il vit luire la Méditerranée. Aux
mas de Provence: de grandes maisons blanches presque
toujours orientées de biais entre un cyprès très droit et
la ligne ondulante d'une montagne, dans ces belles
maisons si graves il cherchait parfois à acheter du pain,
des olives. Presque toujours on les lui donnait. Il est
vrai, les plus beaux voyages ne coûtent que de ne pas
compter ses pas.

Un autre jour, il vit, élevé sur rang et rang d'arches
légères, un très vieil aqueduc romain qui avait l'air de
franchir le ciel. Cette vieille terre du Sud, même en ces
espaces arides jamais désolée, mais chaude, chantante,
avec ses herbes odorantes, ses ruines et son silence brûlant, donnait l'impression d'un temps, en arrière et en
avant, illimité.

C'est alors pourtant qu'il commença de percevoir des
signes de sa propre fragilité: de l'essoufflement; puis une
lassitude de jour en jour plus accentuée; enfin, une sorte
de refus de sa personne quand, au soir de longues jour-

nées à courir en montagne, dix, vingt croquis exécutés,
il y avait encore à ramasser du bois, à bâtir un feu, à
dresser sa tente... Mais qu'était cela à présent? De la
mollesse?... Ce qu'il avait pu faire toute sa vie, pourquoi
ne le pourrait-il plus?

Une après-midi que, chargé de toutes ses affaires, il
gravissait en plein soleil une pente abrupte, tout à
coup ses genoux fléchirent, sa poitrine se creusa. Les
battements de son cœur ralentissaient comme les pas
d'un homme qui faiblit, renonce...

Quand il revint à lui, il se découvrit en un bois
sombre, entouré de collines austères, seul et loin sans
doute de toute habitation. Jamais comme en ces quelques instants ne saisit-il si bien à quel point sa vie n'é-
tait pas à lui pour en disposer. Il voyait des astres, une
voûte de ciel inconnu, des cimes d'arbres qui y plon-
geaient en un mouvement plein de grâce, et, malgré
l'inquiétude qu'il éprouvait sur lui-même, il s'inquiétait
d'une autre manière plus étrange: « Ceci a-t-il jamais
été peint? Arriverai-je jamais à capter une millième
part du songe?... » Il n'avait pas assez travaillé... pas
encore. Là était son tourment. Pour lui échapper, il s'en-
fuyait en des paysages; ceux qu'il avait vus; d'autres
dont son cœur restait avide: les Pyrénées, la Corse,
le ciel de Hollande surtout... Pourquoi en avait-il si
grande envie?

Au fond, il avait traversé les mers pour voir comment d'autres avaient peint, par exemple, le ciel. Et les
ciels peints de Ruysdaël, depuis qu'il les avait scrutés,

l'attiraient vers les Pays-Bas. Et les montagnes Sainte-Victoire, au pays de Cézanne. Il se demanda si quelqu'un, un jour, à cause de lui, aurait pareille nostalgie de quelques-uns des lieux du monde les plus perdus. Il fit le tour de ses œuvres, pensa qu'aucune n'avait cet appel profond de voyage, se sentit déçu, l'âme lourde de regrets. Se reposer, attendre, le pouvait-il quand, justement, il ne s'en reconnaissait pas le droit. Il parvint à dresser sa tente, se restaura d'un peu de thé, resta près de l'ouverture à boire à longs traits la vigueur des nuits étoilées qui tant de fois l'avait remonté. Ce qu'il avait de plus difficile à faire au profit de son œuvre, y renoncer, la quitter de l'œil quelques jours, quelques semaines, il le tenta, mais ne put longtemps s'y tenir.

A peine remis, il rentra en toute hâte à Paris — Paris où il lui semblait avoir, à présent, sa petite place de tendresse

XXIII

Au temps venu de l'hivernage, par ce jour pluvieux, les deux amis étaient en chasse pour trouver à Pierre une chambre. Là où, en arrivant, à deux pas de la gare, il avait pris logement: une affreuse petite pièce sans horizon — qu'au reste il n'avait peut-être jamais vue — Pierre était resté jusqu'ici. Ne tenait-il donc à rien? Et pas du tout à son confort? Stanislas interrogeait de l'œil son maigre et grand ami devenu si laconique. Quant à lui, sa présente idée était que pour bien produire il fallait s'entourer de choses belles à voir, s'assurer un endroit sympathique où travailler, et, surtout, vivre coude à coude avec les peintres d'une même foi, d'une même tribu. Souvent il avait cherché à gagner Pierre à s'installer à Montmartre ou en quelque autre lieu de Paris soi-disant propice à la vocation. Pierre s'y refusait pour la plus curieuse des raisons: à chacun son territoire de chasse, disait-il. Dans le Mackenzie, empiéter sur les limites de quelqu'un était plus que mal vu;

c'était un délit assez grave pour que le plaignant pût
prier la Police Montée d'intervenir. Et Montmartre,
à ses yeux, c'était la chasse gardée de ce cher, de ce
douloureux Utrillo dont la vie pénible l'émouvait tant.
Eh quoi, n'avait-il pas assez souffert — un peu par sa
faute, il est vrai, par sa faiblesse pour l'alcool, — n'a-
vait-il pas été assez tourmenté sans qu'on vînt maintenant déranger son esprit en marchant sur ses brisées!

Néanmoins, c'était vers Montmartre qu'ils montaient
ce matin, serrés l'un contre l'autre sous une pluie aussi
fine que du brouillard. Un de leurs amis communs, le
peintre suédois, Carl Lundquist, qui allait rentrer dans
son pays pour six mois, offrait en sous-location bon
marché son studio sur la Butte. Pierre, pour ne pas
affliger la constante serviabilité de son ami, avait consenti à jeter au moins un coup d'œil sur cette offre. De
vivre en solitaire ne donnait rien, insistait Stanislas;
il fallait se rapprocher, se fondre en colonie; au talent
des autres, activer le sien; et encore, à ce feu étrange
des inlassables parlottes, de principes constamment
brassés, apercevoir, trouver enfin sa voie propre. Son
âme s'assombrissait sous l'emprise d'un doute de son
talent atroce à supporter. Le cher garçon si gai, faute
de rejoindre la cause de son tourment, s'en prenait à ce
qui n'était guère en cause: l'hiver recommençant, le
ciel sale, cette saleté de vie, ce monde qui se souciait
si peu au fond ni des artistes ni de leur œuvre, ce
monde de marchands.

Ils arrivèrent à l'adresse qu'ils cherchaient. Tout
de suite le studio plut à Stanislas. Une énorme verrière, tout un pan, découvrait une enfilade de toits.

Paris apparaissait comme un grand lion assis, fatigué et rêveur. La pièce était haute de plafond, solennelle. Pierre y sentait sa solitude devenir autre que ce qu'elle avait été jusqu'ici, à l'abri, cachée et humble.

Il branlait la tête, du pied grattant le plancher comme un caribou inquiet — geste qui lui était venu depuis quelque temps lorsque dans l'embarras d'avoir à refuser des amabilités, un bon conseil d'ami.

Au fond, c'était cette verrière, cette énorme ouverture qui le décontenançait. Il y avait ici trop de lumière, c'était trop vaste. Il s'était fait à cette loi du Nord: l'immensité au dehors, au dedans l'exiguïté.

Stanislas finit par rire de pareilles excentricités.

— Tu es bien le seul peintre à Paris qui cherche en petit.

Qu'aurait-il dit s'il avait pu pénétrer le secret désir de Pierre, qui était de peindre comme autrefois à la bougie

Ils allèrent voir ailleurs. Presque chaque chambre parut à Pierre trop grande et trop belle — et aussi trop cher. Le bizarre garçon! Savait-il seulement ce qu'il voulait? Il semblait que non, qu'il fût tout simplement disponible à quelque attente en lui qui ne s'éclairerait que mise devant ce qu'elle souhaitait. Aussitôt qu'une concierge, les précédant, ouvrait une porte, qu'il avait jeté un coup d'œil à l'intérieur, aussitôt il prenait un air déçu. Non, ce n'était pas cela encore.

Enfin, ils se trouvèrent dans ces petites rues du sixième arrondissement, étranglées entre de hautes maisons étroites, en pente faible vers la Seine. Rue Servandoni, ils montèrent, munis d'une clé que leur avait

prêtée la concierge, un escalier à vis, froid et humide.
On aurait pu se croire dans une galerie de mine; les
murs étaient vieux et suintaient. De la ville, on n'entendait plus aucun bruit. Sur le quatrième palier, une
porte seulement. Pierre mit la clé dans la serrure. Ils
entrèrent. La pièce était en mansarde, à peine meublée,
très étroite. Au centre se trouvait une salamandre. Est-
ce la vue de ce petit poêle qui agit si fortement sur
l'esprit de Pierre? Il s'en approcha, tendit les doigts
comme pour les chauffer à ce poêle froid. Sur ses traits
passa un rayonnement de souvenirs.

Stanislas, médusé, lui voyait un visage apaisé, déten-
du, un air d'être enfin à l'abri. Alors il s'aperçut combien Pierre, depuis le jour où il l'avait rencontré au
bord de la Seine, avait vieilli, changé, combien peu de
fois au fond il l'avait vu heureux. Tout cela le porta
en un chaud élan à le raisonner, à lui vouloir à tout
prix du bien.

— Tu ne peux pas rester ici, dit-il; c'est mortel, humide et glacial.

— Pas avec du feu, souligna Pierre.

Son œil parcourait amicalement les murs gris et
ternes, revenait au poêle, pétillait de contentement; il
était clair qu'il avait déjà pris possession des lieux.

— Une tanière, dit Stanislas. Il n'y a même pas de
fenêtre.

C'était vrai; par une seule tabatière venait un peu de
clarté, si lointaine, si douteuse, qu'on eût pu croire à
la dernière lueur du crépuscule.

— C'est à peu près le jour du Haut-Mackenzie, vers
le mois d'octobre, dit Pierre sur un ton rêveur.

Il lui sembla un instant qu'il devait neiger au dehors.
La rafale prendrait bientôt. Le temps n'avait pas fui.
Il allait entreprendre un hivernage comme autrefois,
sauf qu'il aurait à lui tout son temps pour peindre. Il
rêvait, à certains moments plongé dans les hivers lointains, tout près de son associé Sigurdsen, à d'autres moments se reconnaissant avoir enfin trouvé à Paris les
conditions idéales. Tout était éliminé de ce qui charge
l'homme inutilement. Il aurait son poêle, son manger.
Quoi de plus lui fallait-il? Stanislas lui vit un visage
comme transfiguré d'allégement.

— Allons voir ailleurs avant de te décider, tenta
Stanislas une fois encore.

C'était bien inutile, le cœur du grand garçon sauvage
battait ici avec une paisible régularité.

Le soir il emménagea en son nouveau logis. Il acheta
pour l'hiver sa provision de bois qu'il eut la permission
de ranger en bas dans une courette obscure, mais il en
monta deux bonnes brassées dès ce soir pour se sentir
mieux à son aise. A une prise d'eau sur le palier du
troisième il emplit un grand broc. Il entra chez lui. Il
alluma son premier feu de maison à Paris. Il se demanda si sa fumée pouvait se voir dans le ciel comme elle
serait vue de très loin dans les plaines basses du pays
canadien. La pièce doucement se réchauffait. Puis la
tabatière s'obscurcit complètement. C'était encore mieux
ainsi. A présent, il aurait pu être en n'importe quel endroit du monde. Il prêta l'oreille. Comme pour lui faire
plaisir, le vent accourut de loin lui sembla-t-il et gronda

au-dessus du toit proche. Au bonheur étrange qui saisit
son cœur, il comprit combien il s'était ennuyé du vent
du Nord, des poudreries, des tourments de la tempête
et de la nature

Il tira une chaise, s'assit auprès de la petite salamandre verte, le seul objet dans cette chambre qui eût
un peu de couleur; il voyait plutôt un petit poêle de
fonte noir, bas sur pattes, et de longtemps encrassé.

XXIV

On ne vit plus souvent, dans les quartiers où il s'était fait remarquer, cet homme d'allure rapide, aux yeux qui dévoraient l'espace, vêtu, l'été, de sa parka légère, aux jours froids coiffé d'un vieux bonnet de poil roussi. Il descendait au plus proche acheter du pain, des allumettes, du thé; rarement un bout de fromage. Pour le reste, il mettait à cuire une bouillie de farine de maïs, le *hominy* des Indiens d'Amérique, nourriture fortifiante à son avis; par surcroît bonne au goût si on y ajoutait du sucre et un petit morceau de beurre fondu. Quand Stanislas venait, seul ou avec des copains, Pierre voulait faire goûter son plat de résistance; il s'étonnait sans fin des goûts capricieux des artistes dans le boire, le manger et le vêtement; encore plus de leurs faiblesses pour le vin, le tabac et les parties de plaisir. « Laissons cela aux hommes, disait-il, pauvres hommes, ils n'ont que cela. »

Son feu tôt allumé, c'était donc là à peu près son seul réconfort. Après il se mettait à sa peinture. Il travaillait debout à une sorte de grand chevalet qu'il s'était lui-même fabriqué, et qui prenait presque toute la place. Sa journée faite, il ressemblait bien plus à quelqu'un ayant escaladé une montagne qu'à un homme dont le but à atteindre est en son âme. Lui-même avait du reste l'impression de s'être tenu toute la journée sur le surplomb étroit d'un rocher, ou encore d'arriver au terme d'un portage extrêmement pénible. D'où venait que, du simple effort de son esprit, il ressentait plus de fatigue que, naguère, d'avoir porté sur son dos une charge de cent livres, ou d'avoir pagayé à travers de turbulents remous? Il lui arivait en déposant ses pinceaux de chercher autour de lui d'un air égaré où il se pouvait bien trouver. Auprès du difficile entre tous les fleuves, ce Churchill plein de rapides? Ou dans l'infinie Saskatchewan? L'illusion du portage était si forte qu'il retrouvait le geste d'autrefois pour dégager ses épaules d'un sac pesant.

Ce qu'il peignit avec une telle hâte à cette époque, c'était la partie éloignée, naïve et jeune de sa vie. Elle lui revenait, lui était entière restituée. Ou plutôt avait-il l'impression de se rencontrer lui-même, tel il avait été, voyageant avec confiance vers l'avenir. Descendant vers le passé, il se croisait allant de l'avant. Et les deux hommes un instant lui semblaient s'arrêter au bord d'une rivière pour se consulter, échanger des nouvelles. C'était le plus vieux des deux évidemment qui en avait le plus à dire, mais ce qu'il avait à dire, c'était toujours ce que le plus jeune avait vu, aimé, chéri au delà de

tout. Et alors, Pierre eut l'ambition de résumer tout ce
qui en était de sa vie. Ne serait-ce pas là l'avantage de
l'âge? Pressé, bousculé par le temps, parvenir à tout
dire en quelques mots? Un dernier mot définitif, un
tableau final: ce rêve le tenait.

Sous son pinceau surgirent les bois du Nord; les
arbres en étaient minces à se rompre; ils les amincit
encore: ce ne furent plus que des fils, allant se perdre
à l'infini, jusqu'au delta presque, rien que des fils, comment pouvaient-ils se tenir debout?

A la nudité de cette forêt, il opposait souvent un
petit campement humain. La tente basse était fixée à de
courts piquets enfoncés dans le sol; à une vibration de
l'air on devinait un feu par terre dont la flamme et la
chaleur équivalaient ici à un cierge allumé; pourtant
ce déroulement si léger de l'air montant du feu invisible avait une grâce incomparable. Aux arbres ténus
restait parfois en quelque place abritée une grappe de
feuilles d'automne; le regard se portait avec plaisir sur
cette cascade de lumière; dans le vent âpre, le feuillage
rouge avait comme un tournoiement vif, incessant.

— Vraiment, dit un soir Stanislas, quand on entre
dans ta cabane surchauffée, avec le vent qui se plaint
autour, et cette forêt qui nous envahit, on pourrait s'y
croire dans ton Haut-Mackenzie.

Il s'approcha du dernier tableau. Il approuvait:

— C'est bien, ce petit moulinet de feuillage.

Comment donc une belle image, l'éclat soudain de la
poésie naissent-ils! Souvent, au temps où il marchait
dans Paris, allant jusqu'au jardin du Luxembourg, Pierre
avait vu tourner au soleil ces jouets d'enfants; son esprit

avait retenu leur scintillement; il n'y avait plus pensé; puis, un jour, d'instinct il avait lié ce mouvement au souvenir de quelques feuilles ardentes restées en branche; l'image était désormais accessible à tous. Elle ravissait. L'art se plaisait donc à ces rencontres imprévues d'objets naturellement si loin les uns des autres. Créer des liens était sa vie même.

Stanislas était étonné. Enfin, Pierre, dans sa peinture, atteignait presque la rapidité foudroyante de ses crayons. Son pinceau s'allégeait. Ces bois si grêles avaient l'irréel, le pathétique d'un songe. Comment une vie si dure, se demandait-il, a-t-elle pu faire un être si exquis? En ce solitaire, il aimait une part de lui-même qui lui était de mieux en mieux découverte; la hantise de l'âme pour les lieux rudes et purs.

— Tu es dangereux, disait-il en d'autres occasions. J'essaie de faire de beaux arbres gonflés de vie, sereins et heureux comme sont nos arbres d'Ile-de-France. Et qu'est-ce que je vois à leur place? Tes petits chicots d'arbres. Tes arbres me poursuivent.

Mais il était poursuivi davantage par la pensée de Pierre lui-même devenu aussi fragile que les arbres de son pinceau. Maintes fois, il avait tâché de l'engager à se faire examiner et soigner. Pierre prenait très mal la chose. On eût dit que ce lui était le pire affront que de paraître aux yeux des autres débile ou souffrant. Du reste, il n'avait rien, prétendait-il. Rien qu'un petit pincement à la poitrine quand il se hâtait; quelque chose qui lui était resté de sa poursuite, autrefois, du caribou.

— Quel caribou?

Aux récits de Pierre, Stanislas prenait un vif plaisir. Tout chez cet ami, le peintre, le conteur, l'homme, lui paraissait jaillir de la même source.

— Raconte, le pressa-t-il.

Pierre hésitait. De sa vie, il aimait à présent parler, du moins à certaines heures. Mais le caribou tué de sa main, c'était autre chose. Maintenant qu'il ne souffrait ni de la faim ni du froid, sa raison d'avoir abattu le vieil animal lui semblait indistincte. Il éleva à peine la voix. Il raconta les taches de sang sur le sol, la chute des cailloux sous les pas de l'animal, et qui le guidaient.

Paisibles, le pétillement de la flamme dans le petit poêle, un souffle d'air sur le toit, accompagnaient les paroles de Pierre.

Il en vint à décrire l'éclat de lune qui leur avait révélé à tous deux un peu d'eau luisant devant eux sur le sol de la toundra. Il dit la soif qui les dévorait. Il dit comment ils trottèrent longtemps, côte à côte, « l'œil dans l'œil », leur épuisement, leur souffle brisé.

C'était très curieux; on eût dit que Pierre tout ce temps n'eût parlé que d'un seul et même être, poursuivi et poursuivant...

Un autre soir, c'est du Père Le Bonniec qu'il se plut à parler. Il le peignit, une grande ombre solitaire se détachant contre le sombre jour crépusculaire du Nord. Engoncé dans son lourd paletot, un immense bonnet de fourrure sur la tête, presque sans forme, un monolithe en marche, un bloc d'homme, il arrivait, la barbe enneigée, deux touffes de frimas en guise de sourcils, mais le cœur à l'intérieur de cet homme-glace, dit Pierre, était un printemps perpétuel.

A d'autres moments, il évoqua Sigurdsen, un dur, et, pourtant, s'il n'avait pas souffert les ravages entiers du scorbut, c'est à son associé d'autrefois qu'il le devait, celui-ci lui ayant plus d'une fois abandonné sa ration de fruits secs.

Il s'étonnait sans trêve du tendre soin que les hommes avaient pris de lui. En retour, qu'avait-il en effet apporté?

XXV

Il approchait de son but — l'ignorant encore, mais assuré qu'en le voyant, il le reconnaîtrait. Il éprouvait la sensation d'une lumière venant à soi et, parfois, ce sentiment qu'on peut avoir en rêve d'être à la veille de contourner une masse sombre, d'entrer dans le plein jour. Et ce que l'on croyait loin va se découvrir avoir tout le temps été proche.

Comme autrefois, dans l'Ungava, avant que ne lui apparût la montagne étincelante, l'impression lui venait de n'avoir plus que quelques pas à faire pour être ébloui de clarté. L'impression était si forte que, reprenant son pinceau, il lui semblait plutôt soulever son canot, tandis qu'en bas l'eau dangereuse l'attirait. En ces instants de fébrilité, il oubliait jusqu'au pincement de douleur dans sa poitrine. Ce pouvait être de la névralgie, s'engageait-il à penser.

Le maître faisait demander de ses nouvelles, s'alarmait de ne plus le voir. Pierre prenait alors la mine d'un enfant qui se sent ingrat et coupable. C'était pourtant pour mieux mériter de son maître qu'il restait isolé, tout entier livré à la poursuite de son idée. Ou bien, se disait-il, il parviendrait à créer un tableau qui réjouirait les yeux sévères et tant de fois déçus du maître, ou bien il préférait être oublié.

Stanislas, passant dans le quartier presque chaque soir à présent, montait causer un moment avec Pierre. Il ne lui trouvait pas plus mauvaise mine que d'habitude — autant qu'un renard malade, Pierre apprenait-il à camoufler sa faiblesse. La ruse, au reste, lui avait-elle si mal réussi ? C'était à force de nier le corps, lui semblait-il, qu'il avait pu faire face à tant de circonstances adverses, revenir de multiples maladies; ou encore, parce qu'il avait laissé à la nature le champ libre pour le guérir.

Ce soir, le grand coffre était ouvert. Stanislas s'en approcha. Tu permets ? demanda-t-il, y plongeant la main. Il tira à lui des bouts d'un papier le plus grossier, tel seulement avait pu s'en procurer Pierre, autrefois, en ces misérables magasins, petits postes de traite perdus au fond du monde. Ces bouts de papier avaient des contours irréguliers, comme s'ils avaient été découpés à la diable, ou déchirés à même une pièce par une main impatiente. Cependant, de haut en bas, ils étaient couverts d'exercices par cette même main devenue la plus patiente. De l'un à l'autre, on voyait le trait progresser, c'est-à-dire se ramasser, se simplifier. Et, soudain, avec un stupéfiant bonheur, d'un coup jaillissait le vrai.

Accroupi par terre comme un enfant auprès du coffre, Stanislas y puisait. Ainsi cette tête de vieux chef indien incomparablement énigmatique ! Ce canot qui avait l'air de bondir si allégrement sur l'eau ! La vie de Pierre dans les Territoires du Nord-Ouest, dont sans cesse il parlait, y était visible comme le jour. Ou plutôt Stanislas se trouvait-il enfin devant le mystère que représentait cette vie.

— Tu ne m'avais jamais montré tout cela, reprocha-t-il.

Pierre haussa les épaules.

Il s'agissait de notes de voyage qu'il avait demandées à Sigurdsen, ayant appris que celui-ci en avait conservé des centaines, du temps qu'ils piégeaient ensemble. Son idée était de s'en inspirer pour une suite de tableaux du Nord.

— Que cent fois soit béni ce bon Sigurdsen, s'écria Stanislas.

Devant le visage d'une vieille femme indienne accroupie à méditer, il entra lui-même en une sorte de méditation. Le vieux visage ridé exprimait tant de pensées sur la vie et sur la mort que l'on eût voulu connaître. L'attrait profond d'un visage, n'était-ce pas cela même : l'insondable curiosité qu'il peut susciter, l'idée de mystère qu'il éveille.

— C'est Maria, de la tribu des Indiens sur la Berens River, disait Pierre. Tous les jours elle s'enfonçait seule sur une pointe face à la rivière. Elle était vieille. Elle y allait s'entretenir avec la mort. Elle avait hâte de mourir, disait-elle, pour connaître tous les secrets. Ce qui me paraissait beau de Maria, ajouta-t-il, c'est qu'elle avait idée d'aller s'y préparer face au plus large de l'horizon.

Stanislas avait à présent entre les mains de multiples études de chiens, les uns attelés à une pesante charge que l'on sentait tout juste commençant à glisser sur la neige. S'il était vrai que la peinture de son ami s'allégeait de mieux en mieux, combien elle était loin encore, pensait Stanislas, de l'aisance quasi-miraculeuse de ces brefs croquis. Sans doute nulle peinture ne pouvait-elle atteindre à ces raccourcis si foudroyants qu'ils rendaient presque sensible le passage du temps.

Ils en vinrent à discuter la nature de l'art. D'habitude Pierre ne le voulait pas. Il ne voyait pas qu'on pût en parler. Il lui eût paru préférable pour l'art qu'on agisse et qu'on se taise. L'art n'était-il pas un peu comme l'amour. Quand on était dedans, on ne pouvait à la fois y rester et analyser. Ceux qui en étaient sortis, seuls, lui semblait-il, avaient licence d'examiner le phénomène, mais ceux qui étaient dans le feu souffraient, c'est tout.

Pourtant, sans cesse Stanislas insistait sur ce point: l'art c'est de couler de la vie dans un moule, au détriment, il est vrai, d'une part de la vie, et, du reste, chacun selon son moule.

D'abord Pierre avait été horrifié par cette idée. Comment! l'art exigerait le sacrifice de la vie chaude, vraie, souffrante et suppliante! A présent il convenait que c'était vrai, qu'une part du moins de la vie mourait en se fixant dans la beauté — et de là dans son âme une sorte de blessure grave.

— Le secret, disait ce soir Stanislas, est dans la mesure; dans l'équilibre de la vie et de la forme. Si tu
sacrifies trop à la forme, tu n'auras qu'une œuvre des-
séchée; par ailleurs, à vouloir conserver trop de détails, tu restes dans l'instant.

Il s'abîma à regarder, surgissant parmi les croquis,
un vieux visage au regard un peu fou, tendre et perplexe.

— Ceci est aussi parfait que possible, dit-il.

— C'est Gédéon, dit Pierre. Il est devenu tout à fait
fou à ce que j'ai appris. Des hommes de la Gendarme-
rie Royale ont dû se rendre sur place pour s'efforcer
avec toutes sortes de ruses de l'attirer hors de sa cabane
où il s'était barricadé. Le sauvetage d'un fou, au fond
des Territoires, cela doit être une rude entreprise...

Assis par terre, Stanislas entendit l'histoire du vieux
chercheur d'or, une relique des temps du Klondike.
Il regardait le croquis qui racontait la mélancolique
vie chimérique. Il frémissait de bonheur, d'étonnement, comme il est dans la nature de l'âme de frémir
quand elle aperçoit ce qui est dit avec beauté. Mais
qu'était-ce donc que la beauté? fut-il amené à se demander encore. On croyait avoir trouvé une réponse,
qu'on était à nouveau replongé dans une intense curiosité. Encore et encore on devait demander à la beauté
son secret. Ainsi, ce visage au regard fou, exalté et bon!
Il vivait, il troublait pour aucune autre raison qu'à
travers lui l'âme se mettait à sonder sa condition humaine.

— C'est merveilleux, s'écria Stanislas dans l'enthousiasme, et se tut brusquement.

Il avait été sur le point de dire : Jamais tu n'as fait rien de comparable... et savait quelle cruauté il y aurait là. Lui-même, dans son extrême jeunesse, avait un jour sans peine et sans effort réussi une petite toile dont il s'était détourné avec aigreur parce que tous la louaient trop fort, et que lui-même se savait incapable de l'égaler.

Cependant il lui était impossible de contenir son admiration et sa joie devant ces humbles dessins réalisés avec de simples crayons de couleur. Le rêve étrange de l'artiste d'être seul en son domaine, en son interprétation, seul en sa création, est-ce que Pierre dès le départ ne l'avait pas atteint ?

Il allait le dire, lorsqu'il vit se fermer douloureusement le visage de son ami. Le divin Andersen, au moment où il écrivait ses contes immortels, se désolait, dit-on, de ne pas écrire une grande pièce de théâtre.

Stanislas ferma le coffre. Il jeta sur les tableaux récents un regard de haute bonne volonté. Pour les louer franchement, il eût donné une part de ses joies. Hélas, quoique se libérant de mieux en mieux, la beauté y apparaissait encore en partie chargée de ses chaînes.

Pierre lui-même voyait mieux cela quand Stanislas était venu, était reparti. S'il avait consenti à se reposer, peut-être eût-il retrouvé ce coup d'œil plus tranquille, plus détaché qui fait l'œuvre sereine. Ce n'était pas sûr. Abolir dans l'œuvre toute trace de fatigue est immense labeur. Pourtant, c'est là, peut-être, l'un de ses premiers commandements. Afin que le passant qui regardera cette toile n'en ressente aucun ennui; qu'il soit au contraire attiré comme vers son repos.

Mais, Pierre, s'il pose sa charge, ne serait-ce qu'un instant, saura-t-il ensuite la reprendre ?

Les chiens, à la fin du jour, quand ils ont tiré depuis le matin, ne doivent pas s'arrêter. Ils ne le doivent pas; l'élan acquis à présent est le seul moteur d'énergie. C'est le seul pour aller un peu plus loin encore.

XXVI

Il lui vint le désir de laisser derrière lui quelque
chose de personnel, comme s'il n'en eût rien fait encore. Il commença de faire son portrait. A sa droite,
un carton frais, à sa gauche, un petit miroir.

Son propre visage lui apparut qu'il connaissait moins
que le moindre des arbres, le moindre coucher de soleil et la moindre changeante nuance de l'eau. Se regardant il eut pour la première fois de sa vie le sentiment qu'elle eût pu être autre, qu'il avait eu une espèce de choix; il pensait à Nina auprès de qui il eût
fait bon vivre; mais ce rêve était frêle et disparut.
Alors il se mit au travail. Le long, étroit visage prit
vie. Les cheveux étaient redevenus longs comme autrefois en forêt. Légers, des cheveux d'enfant, ils tombaient librement sur les côtés du visage. La bouche
était triste; elle n'avait jamais souri qu'avec réserve;
à présent, les lèvres étaient comme scellées par un silence étrange. Le menton avait une très grande ferme-

té. Tout alla assez bien jusqu'au moment où Pierre
en vint à essayer de fixer son regard. Il est vrai, toujours, les yeux lui avaient donné du mal. Cependant
il finissait par les comprendre. Or, il ne voyait pas ce
qu'il y avait dans son propre regard. A ses propres yeux
demeurait inscrutable ce qu'il considérait dans le petit miroir.

Incapable de se déchiffrer dans la glace, il s'en fut
s'allonger un moment sur son lit. A travers ses pensées il s'efforça de poursuivre son regard, d'en découvrir l'expression. Mais sa lassitude à présent était si
profonde que, s'il y cédait un instant, aussitôt ses pensées se dissolvaient; il errait en des paysages inconnus,
formés de morceaux pris à des endroits divers et néanmoins juxtaposés en un ensemble plaisant. Bientôt il
vit miroiter de l'eau; il sentit qu'il avait soif, puis son
regard lui sembla se préciser, venir de loin à sa rencontre. Il se releva. D'où venait donc qu'il avait tant
de peine à se remettre debout ? Cette lassitude l'indi-
gnait. Il atteignit le chevalet. Pendant qu'il avait dans
l'idée comment faire, il lui fallait se hâter d'assombrir
la prunelle, d'agrandir la pupille jusqu'à cette dilata-
tion bizarre qu'il percevait être le secret peut-être de
son regard.

Au soir vint Stanislas apportant de la charcuterie et
du vin. Sur le seuil, il s'immobilisa, saisi par l'étrange
portrait. Il lâcha ses paquets, s'approcha du tableau.
Il eut tout de suite le sentiment d'une œuvre forte,
exigeante, qui ne se laissait pas d'un coup pénétrer.

Qu'y avait-il là à la fois de clair et qui entraînait dans
l'ombre ? Etait-ce seulement achevé ? Stanislas le demanda à Pierre qui, allongé sur son lit, paraissait ne
plus se soucier du tableau, peut-être s'en détournait,
encore une fois déçu. Stanislas voyait un visage bizarrement construit. Comme d'une face en pente déme-
surément allongée, le regard tombait de haut. Sur le
sommet de la tête se devinaient de curieuses protu-
bérances, une suggestion de bois de cerf peut-être, que
prolongeait comme un mouvement de feuillages ou
d'ombres. Cependant, la pupille, quoique dilatée, était
bien celle d'un homme, d'une lucidité, d'une tristesse
intolérables. Stanislas songea aux douces vaches du
tendre Chagall, à leurs yeux qu'illumine de la bonté
humaine. Ceci était bien autre chose. Qu'avait donc
voulu suggérer Pierre ? Quelle alliance étroite de
l'âme avec les forces primitives ? Ou la haute plainte
d'une créature en qui se fût fondue l'angoisse de tuer
et d'être tuée? Le portrait attirait comme vers une
insolite région de la connaissance dont les arbres,
avec leurs sombres entrelacements, donnaient quelque
idée. Son attrait était dans cette sorte de fascination
qu'il exerçait, au rebours de la clarté, vers les tortu-
rantes énigmes de l'être.

— Ah, dit Stanislas, en un curieux mouvement de
son âme — en elle-même aussi loin que possible de pareille vision, cependant assez grande pour l'accueillir —
ah, dit-il, arraché à lui-même, eh bien, cette fois, mon
vieux, sur le mur ta main laisse son empreinte.

Il entendit une faible plainte, se tourna d'un bloc,
aperçut Pierre, le visage pincé, qui, portant la main à

son cœur, s'affaissait sur lui-même. Stanislas ne sut
d'abord que faire, jeta autour de lui des regards affo-
lés, puis s'élança, courut au dehors, appelant.

Pierre s'était pourtant retenu de sombrer tout à fait,
comme il l'avait ailleurs en sa vie réussi, en des endroits du monde où nul être humain n'eût pu venir
à son secours. Il s'était contraint à respirer tout doucement, sans tenter contre la douleur le moindre geste
de défense; le vieux réflexe de protection avait joué;
à présent se desserrait l'étreinte de sa poitrine. Il fut
étonné de ne pas se découvrir sous le haut ciel du
Nord. Il entendit des pas. Stanislas revenait, accompagné d'un médecin.

C'était un homme jeune, au visage ardent et sympathique. Il vit cette chambre étrange, au milieu un
poêle brûlant comme si on était en pays froid, au mur
un portrait déroutant, sur le lit un homme qu'il pensa
d'abord âgé : le visage portait trace d'un combat que
l'on comprenait mal.

Il interrogea Pierre doucement, l'ausculta et, après
lui avoir fait une piqûre, le rassura. Tout irait mieux
dans quelques minutes, dit-il, lorsque le stimulant aurait accompli son effet. A présent, il fallait dormir,
tâcher de quitter de l'œil ce qui pouvait troubler l'esprit. Ce disant, il considérait d'un regard désapproba-
teur le portrait aux yeux inquiets qui semblaient mirer
quelque drame en forêt.

Sur le palier il chuchota quelques phrases. Pierre lui
avait paru usé autant qu'un homme vieux. Le cœur
avait dû être constamment malmené. « Le stimulant
dont je vais vous écrire l'ordonnance, dit-il, peut le

soutenir pendant quelques jours. Mais il faut des examens plus poussés. Veillez à faire entrer votre ami à l'hôpital aussitôt que possible. »

Stanislas promit qu"il s'y emploierait. Il pleurait. Entre ce moment-ci, sur le palier sombre, et cet autre moment, ensoleillé, où, de la berge, Pierre lui avait tendu la main, il lui semblait qu'un seul et court instant s'était écoulé et que pareil instant c'était pourtant toute la vie, héroïque, patiente, si brève.

Il se ressaisit, courut à la pharmacie voisine.

Il revint, se montrant d'un bruyant optimisme. Quinze gouttes de ce cordial, et le cœur se remettait à pomper avec aisance; cette pilule, et l'on dormait. Pierre l'écoutait, un petit sourire sceptique au fond des yeux. Il n'avait pas foi aux médicaments, sauf en quelques simples tels qu'en préparaient de vieilles femmes des réserves indiennes, au Canada. Son idée était qu'il valait toujours mieux laisser à la nature le soin de guérir, quand c'était encore possible. Tant de fois il avait vu des animaux blessés patienter en quelque abri jusqu'à ce que fussent guéries leurs plaies.

Pourtant le stimulant cardiaque accomplissait son effet. Le sang circulait mieux dans son corps. Son cœur commençait de se reposer. Cela lui parut si inédit, si miraculeux, qu'il regarda les fioles à son chevet avec une tout autre attitude

Mais avec ce léger bien-être revenait l'amère lucidité ne s'exerçant il est vrai qu'au profit de son œuvre. Pierre regarda ses dernières toiles. Il éprouvait une infinie désolation. Ainsi, ce n'était donc que cela ! La fatigue rôdait encore autour de lui, le disputant à ce

commencement de détente. Que cela ! se dit-il. Presque
rien. Ne se pouvait-il donc pas que l'on arrivât un
jour à se sentir quitte envers soi et les autres ? A pouvoir se dire : la tâche est faite; c'est terminé.

— Si je devais partir, commença Pierre, puis il s'aperçut du leurre envers lui-même qu'il y avait dans cette
condition — pourtant les hommes ne disaient-ils pas
tous de même! Si je dois partir, reprit-il, tout est pour
toi, Stanislas... sauf ce qui m'est revenu de Sigurdsen
et que j'aimerais lui avoir rendu. Car, pour lui, c'est
le film de notre vie là-bas, au lac Caribou.

Il réfléchit un moment, , continua:

— Au Père Le Bonniec, voudrais-tu envoyer ma
petite pochade de la Montagne Verte. Il l'aimait. Son
âme devait y mettre ce qu'il y manquait. Pour Orok,
mets aussi quelque chose, à ton choix. A Montréal,
j'ai encore deux autres amis. Tu trouveras leur adresse
dans mon calepin. Cela fait le compte, je pense.

Il s'abîma dans un silence presque heureux.

— Au fond, dit-il, ramenant au jour ce qu'il avait
découvert, j'ai été comme un roi dans l'amitié. Mais
non, qu'est-ce que je dis là ? Un roi, pauvre homme,
n'est jamais sûr d'être aimé pour lui-même. Tandis
que nous ! Nous sommes les plus aimés des hommes.
Pourquoi cela, Stanislas ? Alors que nous ne travail-
lons pourtant que pour notre bonheur. Il y a là comme une injustice.

Il se rappela soudain leur maître et dit qu'il fallait
lui donner les études sur les animaux de Paris. « Il
aimait tellement mieux mes dessins que ma peinture, »
se plaignit Pierre doucement...

La vérité qui lui apparut ensuite lui sembla étonnante à l'extrême :

— De tous les biens que nous recevons, dit-il, aucun ne nous fait plus de mal malgré tout que les amis, avec leur confiance en nous, leur espoir... leur attente.

Stanislas parvint à dénouer le nœud d'émotion qui lui serrait la gorge. Il lui semblait avoir assisté à un geste d'art pur, le peintre en quelques mots brefs, sans hésitations, abandonnant l'entière récolte de sa vie aux seuls amis. Ainsi peut-être, pensait-il, devrait être ce qu'on appelle une vie d'artiste, et qui l'est souvent si peu avec ses marchandages, sa soif de publicité, l'amertume de l'envie, tant de bruit insolite.

Il regardait, bouleversé, ce qui venait de lui être donné : des centaines de crayons, plusieurs pochades, le portrait inachevé. Soudain, il eut un mouvement d'étonnement complet.

— Mais rien n'est signé !

— C'est que je n'ai rien fait. Rien, dit Pierre.

Et cela, cette masse d'œuvres, en effet lui paraissait rien.

— Tu es fou, chercha à le consoler Stanislas.

Il voyait les yeux sombres s'emplir d'un intolérable regret, d'une sorte de remords. L'œuvre cent fois faite, jamais faite, encore le torturait.

— Signe, lui demanda Stanislas, lui apportant quelques-unes des toiles.

Il observa la main décharnée, le long corps fluet. C'était véritablement un homme-arbre, poussé en hauteur, dont l'épiderme usé, fendillé, asséché, était de l'écorce.

D'un trait de pinceau trempé en du noir, Pierre si-
gna. Quand il vit au bas des toiles son nom en entier :
Pierre Cadorai, il eut le sentiment de s'être rendu.
Ah ! il n'aurait pas dû ! Ceci, toutes ces choses, ce
n'étaient que des préliminaires ! Son œuvre était devant
lui encore, toujours devant lui. Tant de fois pourtant,
il l'avait vue pousser à ses yeux; ou plutôt, sans la voir,
en avait-il eu le sentiment, la nostalgie inguérissable.
Il pensa aux chiens de traîne dont Sigurdsen disait que,
pour qu'ils courent bien, il faut les garder sur leur
faim. Pauvres hommes, pauvres chiens !

Alors, du visage, des yeux, Pierre marqua qu'il dé-
sirait être seul. Stanislas connaissait cette attitude de
Pierre, quand il avait beaucoup parlé, quand il s'était
ouvert, de s'en retourner brusquement dans le silence,
aux sources profondes de la pensée et de la vie. Il
hésitait à s'en aller. Sans doute Pierre avait-il ce qu'il
lui fallait pour l'instant, à portée de la main. D'ici au
lendemain, alors qu'il reviendrait tôt, accompagné du
maître ou de quelques amis pour faire ensemble pres-
sion sur cet entêté à ne pas se soigner, d'ici là, que
pourrait-il arriver de si mauvais à son ami? se demandait Stanislas, et pourtant tardait à s'en aller, en dépit du regard qui l'en suppliait. « J'ai besoin de comprendre; et on ne comprend presque jamais que seul, »
disait ce curieux regard obstiné.

Stanislas eut fini de ranger la petite chambre. Il
avait la promesse de Pierre que celui-ci prendrait ses
gouttes à l'heure, s'efforcerait de dormir. Sur le seuil,
le retint un moment plus que de la pitié ou quelque
pressentiment. En lui s'agita une intention imprécise

encore, bouleversante, tel il en vient aux heures de
recommencement, avant que ne s'élance la volonté
vers une hauteur difficile. Ce soir, d'une manière inexplicable, Stanislas s'était senti grandir de l'âme — ce
qui, le métier appris, est peut-être la seule manière de
grandir en art. Il croyait apercevoir l'amorce d'une
longue route solitaire, s'y trouvait comme déjà poussé.

Il eut cette inspiration de revenir auprès de Pierre
l'entretenir un instant du Haut-Mackenzie, de l'Ungava, de ces immenses territoires qui, lorsque Pierre
les reverrait, dit-il, enfin s'ouvriraient complètement à
ses yeux.

— Oui, dit Pierre, j'y retournerai. C'est là que je
voudrais finir.

Ils se serrèrent la main doucement.

— J'ai toujours eu de bons associés, dit Pierre. Là-
bas, ce n'était pas surprenant. Simplement pour y vivre, il faut être au moins deux. L'homme doit aller en
paire comme les animaux supérieurs. Mais ici, à Paris ! — il laissa paraître un doux étonnement — que
je me sois trouvé un associé, c'est extraordinaire. Je n'y
avais pas pensé avant... Tu as été le meilleur des
associés... Sigurdsen, Orok, Stanislas...

Demeuré seul, Pierre se reposa quelque temps encore, les yeux clos, ses pensées tournant au ralenti en
une ronde douce, presque agréable. Ce stimulant du
cœur était vraiment d'un effet étonnant. Jamais il n'aurait cru possible que la médecine disposât de moyens
aussi efficaces pour combattre les humiliantes défail-

lances. Voici que se réveillait en lui l'espoir, le sentiment d'un recommencement possible — peut-être des
chimères, mais non, la bonne certitude qu'il avait encore à sa disposition un peu de temps pour s'acquitter
envers le monde.

Il ouvrit les yeux, regarda ses toiles, en fut chagriné.
Là n'était pas son œuvre, mais peut-être était-elle enfin
sur le point de se montrer. Il sentait rôder autour de
lui comme un soleil qui cherche à percer un jour douteux — et, en certains endroits, le brouillard s'amincit
au point qu'une forme apparaît, et, de ce côté, par-
viennent aussi comme des sons. Pour lui, les images
souvent s'étaient accompagnées d'une sorte de musique indéfinissable; non pas une harmonie véritable,
mais des sons filés, bizarrement beaux, comme simplement d'herbes au vent.

Or, ce qui était au delà du brouillard, il en avait le
sentiment, était si bien ce qu'il cherchait, était si proche, qu'il commença à s'agiter parce qu'il ne l'apercevait pas encore.

Puis il éprouva qu'il commençait à marcher sans
effort de son grand pas rapide d'autrefois; il enjambait
d'un seul bond de rudes obstacles : l'Ungava revenait
vers lui. Ou lui, vers le grand désert en sa splendeur
incroyable.

Tout à coup le parcourut un frémissement si heureux qu'il se dressa en avant dans l'attente de l'image
qui forçait la brume, s'avançait vers lui telle une per
sonne aimée.

La montagne resplendissante lui réapparaissait.

Mais *sa* montagne, en vérité. Repensée, refaite en dimensions, plans et volumes; à lui entièrement; sa création propre; un calcul, un poème de la pensée.

S'il en eût eu la force, il eût comme autrefois à travers l'espace jeté des cris de joie et de fierté.

Enfin comprenait-il ce qu'entendait le maître quand il disait que n'est pas nécessairement œuvre d'art l'œuvre de Dieu.

La montagne de son imagination n'avait presque plus rien de la montagne de l'Ungava. Ou, du moins, ce qu'il en avait pu prendre, il l'avait, à son propre feu intérieur, coulé, fondu, pour ensuite le mouler à son gré en une matière qui n'était désormais plus qu'humaine, infiniment poignante. Et sans doute ne s'agissait-il plus de savoir qui avait le mieux réussi sa montagne, Dieu ou Pierre, mais que lui aussi avait créé.

Il exultait d'une ivresse d'indépendance, cependant curieuse. Car, au centre de cette bienheureuse indépendance de l'âme, qu'y avait-il à l'œuvre sinon encore le maître du monde qui le poussait à sa création.

La vision croissait véritablement, trop vivante, trop en marche, pour être retenue. Pierre se leva. Il attira à lui un carton frais, immense. La montagne, en ses dimensions nouvelles, se montrait d'une hauteur incomparable; et, du reste, dans les moindres rappels de son coloris, déjà tout agencée.

Il commença par jeter hâtivement, au centre, de légères petites touches de mauve, autour desquelles devait s'harmoniser l'ensemble des plans et des jeux lumineux, complexe écheveau de coloris, d'ombre et de clarté; tout cela jailli pourtant en une seconde d'illumination.

Il tremblait de la crainte que lui soit ravi le moindre détail du songe passionnant. Il était injuste pour l'homme, eût-il le temps de réfléchir, que ne puisse s'exécuter sa pensée dans le moment où il la tenait, si complète, ramifiée — et cependant la tenait-il jamais, à l'intérieur de soi, cette autre vie de sa vie...

Pierre avait à peu près fixé le mauve fragile.

Une douleur aiguë lui déchira la poitrine. Ses yeux grandirent d'un étonnement sans bornes. Il tendit la main vers le tableau. La douleur lui raidit le bras. Son âme resta un instant encore liée à l'œuvre parfaite enfin entrevue. Il fallait lui donner la vie, ne pas la laisser, elle, mourir. Ce qui meurt, avec une vie, d'inexprimé, lui parut la seule mort.

Il commença de s'affaisser. Formes, images chéries, rêves, sortilèges et couleurs tourbillonnèrent : une neige dans la tempête; une neige vue au kaléidoscope.

La haute montagne s'éloignait.

Qui, dans les brumes, la retrouvera!

FIN

Le caribou est Pierre lui-même, il doit souffrir physiquement, en ordre devenir artiste complet.

J'homme, animaux, doivent toujour souffrir.

S'évertuer - strive, endeavors.

Achevé d'imprimer
aux Ateliers BEAUCHEMIN
à Montréal, le douzième jour d'octobre
mil neuf cent soixante-deux

Imprimé au Canada
Printed in Canada